押絵と旅する美少年

西尾維新

講談社
タイガ

目次

押絵と旅する美少年 ―― 7
人間飆《にんげんひょう》 ―― 181

美《び》少《しょう》年《ねん》探《たん》偵《てい》団《だん》
瞳《どう》島《じま》眉《まゆ》美《み》
袋《ふくろ》井《い》満《みちる》
指《ゆび》輪《わ》創《そう》作《さく》
Design Veia

足《あし》利《かが》飆《ひょう》太《た》
咲《さき》口《ぐち》長《なが》広《ひろ》
双《そう》頭《とう》院《いん》学《まなぶ》
Illustration キナコ

押絵と旅する美少年

美少年探偵団団則

1、美しくあること
2、少年であること
3、探偵であること

0　まえがき

「スピーチとは、何を言ったかではなく、誰が言ったかが重要だ」

なるほど、確かにその通りであり、反論の余地もないような切れ味のいい名言である――まさしく、どんないいことを言っていようとも、それを言った人物が信用するに足らないろくでなしだった場合、そこに説得力はまるで生じない。逆に、まったく理屈の通っていない無茶苦茶な無理筋だって、清廉潔白《せいれんけっぱく》の紳士が言うのならば、不思議と納得できてしまったりもする。この場合、『清廉潔白の紳士』と言うのは、『極めて独裁的で絶対権力を持つ悪党』と置き換えても、なんら支障はなかろう。

あるいは『美少年』と置き換えても。

美少年のやることだからなんでも許されるとか、美少年がおこなうことなら決まりを無視した悪行も深い意味のある善行になるとか、そんなケーススタディを、ここのところ繰り返し経験してきたわたしとしては、なので、この名言に対して大いに膝《ひざ》を打ちたいところである——しかしながら、すんでのところで、己《おのれ》の大腿部《だいたいぶ》に気持ちよく振り下ろされるはずだった、わたしのような中学二年生の手は、ついついひねくれたくなって、ぴたりと止まる。

　待てよ。

　ところでこの名言は、誰が言っているんだ?

あたかも世界の真理を悟りきったみたいな鋭い物言いだけれど、ところでお前は誰だ。それ次第によって、この名言に、説得力があるかないかが変わってくるじゃないか——『真理であるのだから誰が言っているにしたってその内容は変わらない』ということには、ならない。

　さながら自己言及のパラドックスだ。

　このスピーチをおこなっている者が信用できないのであれば、この名言もまた信用できないということになるが、だとすれば、言っている内容は正しいことになる——正しいことになるのなら、発言者は信用できると言うことになってしまう。

　逆に、信用するに足る（信用するしかない）者がこの名言を発したと言うのであれば、どれだけ確からしく聞こえても、名言の内容自体の信憑性《しんぴょうせい》は、極めて疑わしいということになる——もしも名言そのものが正しいと仮定するなら、結局、それは誰が言っても正しかったということになるだろう。

ごちゃついてきて、わたしも自分が何を言っているのかわからなくなってきたけれど、まあ、わたしくらい信用の置けない語り手もそうそういないと思うので、この辺はざっくり無視してもらってもいい。もしもあなたが、わたしのような特殊な視力の持ち主でないのならば、無視くらい、簡単にできるだろう。

とは言え、いい加減なことばっかりも言っていられないから、ちゃんと調べてみたところ、どうもこの発言には、明確な出典はないようだ――いろんなところで、いろんな人が言っている。

それは負け惜しみとして放たれることもあれば、折りにふれては開き直りでさえ放たれることがあるので、その用途は千差万別なのだけれど、基本的に、あんまりポジティブな局面では使われない言葉のようだ。

つまり、『正論だけど、言うだけ無駄だよな』とか、『間違ってるけど、あいつが言うならしょうがない』とか、諦念を含むそんなニュアンスだ――まあ、正論が、正論だという理由だけでまかり通る世の中もまた、息苦しいものである。

世の中は正論よりも感情論で動きがち。

要するに何事につけ、社会では基本、好き嫌いが優先されると、この名言は教えてくれているのかもしれない――いろいろ述《の》べたが、『どんな意見も、その響きは、誰が言うかによって違ってくる』くらいにとどめてくれるなら、わたしのようなひねくれ者にも、受け入れやすい。

当然だ。

声は、ひとりひとり、違って響くのだから。

「はっ――相変わらずくだらねえことを、つらつら述べてやがんなあ。『誰が言うかによって違ってくる』？　そんなの、『誰が言っても同じ』に比べりゃあ、ぜんぜんマシじゃねえかよ。もっとも、だからこそ昨今のメディアって奴は、他人の意見を紹介するばっかりの報道姿勢になっちまったんだろうけどな――俺だったら、『ところでお前は誰なんだ』じゃなくって、『ところでお前は何を言うんだ』って訊《き》きたいぜ」

やれやれ、また不良くんが風刺を利《き》かせて来た――と思って振り向いてみたら、おやおや、そこにいたのは別人だった。

そこにいたのは、美食のミチルではなく、美声のナガヒロだった――不良くんとは正反対の優等生、指輪《ゆびわ》学園中等部の三年連続生徒会長、三年A組の咲口長広《さきぐちながひろ》先輩である。

そうだった。

声の響きは個人個人で違うなんて理論は、この先輩の声帯の前には、誰が言おうとむなしく響く——老若男女《ろうにゃくなんにょ》、誰のどんな声質であろうとも自在に再現してのける、美少年探偵団副団長の声帯の前には。

きっと、その奇特（美少年探偵団的に言うならば、『美徳』）なスキルを最大限に活用し、彼は選挙を待つまでもなく入学式に壇上でおこなったスピーチで、一年生の身でありながら、生徒会長の座を射止めたのだろうから。

「これこれ、私が私の美声を悪用したみたいに言わないでくださいよ、眉美《まゆみ》さん。わたしはあくまでも誠実に、この学園をよりよくしたいという自分の気持ちを、率直に有権者に訴えただけですよ」

言う言う。いい声で言う。

同じ学校に通っている生徒のことを有権者とか言っている時点で、政治的理念が見える気もしたけれど、それもまた、いい声で言われると、まるでいいことを言っているようでもあった——もっとも、その声にしたって、実のところ、咲口先輩の素の声であるかどうかは、不明なのだ。

わたしはなんとなく、美少年探偵団の中で一番不可解なメンバーは、とことん寡黙《かもく》な天才児くんなんじゃないかと思っていたけれど、よくよく思い返してみれば、もっとも多弁な咲口先輩が、もっとも真意が知れないのかもしれない。

なにせ団長があれだから、団の運営を担っているのは、事実上、副団長のこの人であり、そう考えると、わたしはやはり、かかわってはならない組織にかかわってしまったと言うことになる。

迂闊《うかつ》にも、かかわってしまった。

「どうしました？　眉美さん」

どうしましたと言われたら、どうかしているとしか思えない我が身の体たらくなのだが、しかし、そんな美声で問われると、どうもしませんと、反射的に答えてしまう——催眠効果でもあるんじゃないのか、この人の声。

同時に、これまでは『瞳島《どうじま》さん』と呼んでいた咲口先輩が、いつからか、わたしを『眉美さん』と呼ぶようになったことに気付く——メンバーとして後戻りできないところまで深入りしてしまったことを示す事実に戦慄《せんりつ》すると共に、それを嬉《うれ》しく思う自分にも戦慄するわたしなのだった。

そうだ。

かかわってしまった、どころではない。

わたしは美少年探偵団、六番目のメンバーなのだ。

六番目のメンバー、美観のマユミなのである。

誰がなんと言おうとも――かかわってしまったのではなく変わってしまったのだ。

変わることができたのだ。

「そうですか。それはよかった。では、レッスンを再開しましょう。本番まで日がありませんよ?」

そんな風に言われて、思い出す。

わたしは現在、咲口先輩から、まさしく、美声にまつわるレクチャーを受けている真っ最中なのだった。

美術室ではなく音楽室で。

ふたりきりで。

我ながら不思議な状況設定ではあるが、学内の大半を占《し》める咲口先輩のファン(有権者?)に知られたら抹殺《まっさつ》されかねないこのシチュエーションについて命乞《いのちご》いならぬ説明をさせてもらうと、これは、次のような美しい事件の最中のことなのである――

1　座敷童《ざしきわらし》

座敷童という妖怪《ようかい》をご存知だろうか。

なんて風に切り出すと、間違って物語シリーズのほうを買ってしまったと思うかたもおられるかもしれないけれど、大丈夫、安心して欲しい。あなたが読んでいるのは、美少年シリーズだ。そんな正気ではないシリーズ名の小説を読んでしまっていることを、安心材料にできるかどうかはともかくとして、わたしももちろん、妖怪変化《へんげ》のオーソリティではないので、たとえあなたが座敷童については半年は語れる知識を持っていたとしても、わたしのほうには一般教養レベルの知識しかない。

あれだ、幸運を運んでくる、家に取り憑《つ》く子供の妖怪で、座敷童が家にいる間は、その家は栄えるけれど、座敷童がいなくなると、途端、その家は滅びると言う——なんだか、一見『結局、世の中はプラスマイナスゼロだよね』みたいなお話のようでいて、すごく理不尽な妖怪であるように感じる。

勝手に来て勝手に幸せにして勝手に出て行って勝手に滅ぼすって、いったい何がしたいんだ——家に憑く妖怪とは言うが、その実、弄《もてあそ》ばれているのは、やっぱり家主であるように思う。

妖怪の見た目と言うのも変だけれど、見た目が子供、それも『着物を着たおかっぱの女の子』みたいな印象があるから、なんとなくそんな悪いことをしなそうな妖怪に思えるところもあるだけで、やっていることは極悪だ。

まあ、現実的なことを言えば、宝くじで大金を得た人間は、たいていその後、不幸になる——みたいな『あるある』を、妖怪のせいにする形で教訓として残す説話なのだろうから、その意味では、理不尽に感じているのは、座敷童のほうかもしれない。

人のせいにするなよ、いや、妖怪のせいにするなよ、と言いたいかもしれない。悪いのは金銭管理のできない人間なのだと——そこまで掘り下げれば、人として、いろいろと考えさせられるところだが、ただ、冒頭から座敷童伝説の発祥について語ることが、わたしの真意ではない。

単に、『着物を着たおかっぱの女の子』という見た目のイメージを、美観のマユミらしく引用したくて、理不尽な妖怪、もしくは理不尽な扱いを受けている妖怪を取り上げたのだ——放課後。

美少年探偵団のアジトである美術室に向かうわたしの正面から廊下を、座敷童が歩いて来たのである。

思わず足を止めて、見入ってしまった。

美少年探偵団の末席に座るわたしではあるけれど、残念ながら、美的センスに優れているとは言い難い——世間的に価値があると言われる美術品を見ても、すぐに『それがどうした』と斜に構えてしまう傾向がある。ともすると、いや皆さん崇《あが》めたてまつってますけれど、その作品、原価はいくらなんだとか訊いてしまいそうになる。

美しいものを美しいと認めることで、相対的に自分の値打ちが下がるような気持ちにでもなっているのだろうか——だとすれば、むしろ、そんな品のないことを言えば言うほど、自分の値打ちとやらは下降していく一方だと、早く学ぶべきだろう。

美学を学ぶべきなのだろう。

それとも、値打ちもゼロ以下に下がることはないのだろうか？

以上はわたしという中学二年生の、たぐいまれなる卑屈さを示す自己紹介だが、ただ、そんなキャラを冒頭からいきなりブラすようで申し訳ないのだけれど、近付いてくる座敷童のことを、わたしは純粋に、『美しい』と思った。

これに関しては見た目のことを言っていない。

そもそも、眼鏡《めがね》をかけている状態のわたしの視力は、美観のマユミとしての特殊性を発揮していない——だから、見た目の話をするなら、『着物を着たおかっぱの女の子』は、年齢相応（七歳くらいだろうか）の、『可愛《かわい》らしい女の子』だった。

美しいと感じたのはその所作《しょさ》だ。

何の変哲もない学校の廊下を歩いているだけとはとても思えない、気品漂う歩行だった。天井から糸で吊《つ》っているかのように背筋がぴんと伸びていて、コンクリート打ちっ放しの廊下を、着物に合わせた下駄《げた》で歩いていると言うのに、足音一つしない。

　わたしが図らずも足を止めてしまったのは、自分のあまりに無造作《むぞうさ》な歩行が、恥ずかしくなってしまったからなのかもしれない——立てば芍薬《しゃくやく》、座れば牡丹《ぼたん》、歩く姿は百合《ゆり》の花という慣用句があるが、なるほど、百合の花のような歩みとは、ああいった歩行を指すのかと、わたしは変な納得の仕方をした。

　百合花《ゆりか》ちゃん（仮名）は、見とれるわたしに構うことなく、そのまま音もなく、しかし『しずしず』というオノマトペを背負って、こちらに向かってくる。

　そのタイミングで、ようやく『どうして中学校の校舎に、和服の女の子が？』という疑問が、わたしに追いついてきた——まあ、女子なのに男子の制服を着ているわたしが校舎内にいるのだから、まだしも着物姿の童女がいたところで、そんなにおかしくはないのかもしれないけれど、『あらゆることに自分を勘定に入れず』を、悪い意味で実行しがちなのが、このわたしである。

　なんだろう、この子は。

　まさか本当に座敷童だろうか。

　家に憑く妖怪だと聞いていたけれど、学校にも憑くのだろうか——だとすれば、この子を逃がしてはまずい。

もしも今、わたしとは逆方向に向かう彼女が校舎から出て行こうとしているのであれば、由緒ある指輪学園が滅びてしまう。

わたしが路頭に迷うことになる！

……いや、学校が滅んでも、別に路頭には迷わないだろうけれど、しかし、そんなアホな妄想が脳裏をよぎったため、いよいよ百合花ちゃん（仮名）が、わたしの佇《たたず》む位置まで到達する段になっても、反応できなかった。

彼女のように音もなくというのは無理でも、誰かとすれ違うときは道を譲るべきなのに、その所作の美しさに反応し過ぎたため、身じろぎもできなかった——結果、彼女を通せんぼをするような形になってしまった。

別に、去りゆこうとする座敷童の動線を遮《さえぎ》ろうという意図があったわけではないのだが、結果的に、百合花ちゃん（仮名）は、足を止めることになった。

そしてわたしを見上げる。

見た目じゃなくて所作こそが美しいという綺麗事《きれいごと》を言ったものの、そうやって目が合うと、どぎまぎしてしまうくらい、整った顔立ちの女の子だった——そんな風にまっすぐ見上げられると、わたしはますます、動けなくなる。

そんなわたしに百合花ちゃん（仮名）は、小さな口を開いて、

「どけや、貧困層。ひき殺されてえのか」

と言った――え？

なんて言われた？ 今？

「どけっつってんだろ、死ぬか？ 庶民の出が、妾《わらわ》を前に何で足で立ってんだ」

「………………」

こちらに向かって歩いてくる姿を見ては立ち止まってしまい、近距離で見上げられては動けなくなってしまったわたしだったが、幻聴ではなく、間違いなく彼女の唇《くちびる》から発せられた、暴言というにもあまりに行き過ぎな言葉に、いよいよ凍《こお》りついてしまった。

馬鹿《ばか》な、人間が常温で凍結させられることがあろうとは……、これは化学の革命じゃないのか？

ええ？

そりゃあわたしは、この子みたいに音もなく歩くことなんてできないけれど、ええ？ 立ってても駄目なの？

芍薬になれてないの？

ときに、芍薬って、どんな植物？

「けっ……、これだから下界の民《たみ》は。将来、こんな大衆を率いなきゃならないかと思うと、自殺したくなるぜ」

そう言って（もう、言葉なんだか何かもわからないくらい頭に入ってこない）、百合花ちゃん（仮名）は、汚泥でもかわすかのように、わたしの脇《わき》を、やはり音もなくすり抜ける。

「てめえ、顔覚えたからな」

去り際にさえ、凄み抜群の脅迫めいた台詞《せりふ》をわたしの背中に投げつけて、そのまま百合花ちゃん（仮名）は去っていった――いや、たぶん、去っていったのだと思う。

怖過ぎて振り向けなかったので、本当に百合花ちゃん（仮名）が校舎から出て行ったのかどうかは未確認なのだけれど、いやいや、ここで振り返るくらいだったら、指輪学園なんていっそ滅んでしまえばいいというのが、今のわたしの素直な気持ちだった。

立てば芍薬座れば牡丹歩く姿は百合の花。

放つ言葉は薔薇《ばら》の棘《とげ》だった。

2 優しい不良くん

「お？　なんだ、眉美。そんなところに突っ立って。お前くらい暗い奴《やつ》が笥みてーに突っ立ってたら、ブギーポップが俺を殺しに来たんじゃねーかと思って、ビビるだろうが」

そんな風に、わたしに優しく声をかけてくれたのは、不良くんだった——どうやら、彼も美術室に向かう途中で、ルート上に棒立ちになっているわたしを発見したということらしい。

百合花ちゃん（仮名）から浴びせられた毒舌に、その後もその場にピキッと固まりっぱなしのわたしだったが、知り合いに声かけされたことで、ようやく金縛りから解放された。

「ああ、不良くん！　なんて嬉しいことを言ってくれるの。わたしごときを、比喩《ひゆ》を使って死神のように表現してくれるなんて！」

「……どうかしたのか、お前。何があった」

心からの感謝を述べるわたしに、怪訝《けげん》そうな顔をする不良くん。

「なんで突っ立ってるって言われて、満面の笑みを浮かべて喜んでるんだ」

いえいえ。

先程、足で立ってることすら認められなかっただけですよ。

突っ立ってるどころか、首を吊りたくなってしまうようなあれらの言葉を浴びせられたのが、現実の出来事だったのかどうかも、今となっては定かではない——座敷童じゃないにしても、なんらかの妖怪に行きあってしまったんじゃないかと思うような、そんな未知との遭遇《そうぐう》だった。

「ああ。不良くんの極悪なお顔を見て、こんなに安らぐことがあるなんて。今まで、いつか一泡吹かせてやるって思ってたことを謝りたい！」

「じゃあ謝れ。まずは今、極悪なお顔って言ったことからだ」

相変わらず奇妙な奴だなと、呆《あき》れ混じりに不良くんは、わたしの背を軽く押した――ぶっきらぼうで、天才児くんほど極端ではないにしても多くを語らない彼ではあるが、とりあえず、このボディタッチの意味合いは、『おら、さっさと美術室に行こうぜ』というようなものだと解釈し、わたしは久々の一歩を踏み出した。

不良くん。

とは、わたしが勝手に呼んでいるだけで、正しくは袋井満《ふくろいみちる》くんである――指輪学園二年A組、袋井満くん。わたし以外の指輪生は、古めかしく番長と呼んでいる。

その番長っぷりと来たら、彼ひとりで、近隣の中学校とのパワーバランスを保《たも》っているくらいだ――指輪学園に通う女子が、夜道でも安心して下校できるのは、ひとえに不良くんが睨《にら》みを利かせているからとも言える。なので学園側も、不良くんの不良っぷりに関しては、必要悪としておおむね黙認状態である。

と言うのが不良くんの表の顔だとすると、裏の顔は美少年探偵団のメンバー、美食のミチルなのだった。

まあ、表の顔も裏の顔も、極悪ながらも大変お美しくていらっしゃるのだが（そう、忘れて欲しくないのは、わたしが美形を嫌いだという設定だ）、不良くんの美点は決してそこではなく、類まれなる料理の腕を団長に買われて、彼は美少年探偵団に所属しているのである。

美術準備室をリフォームした厨房《ちゅうぼう》を任されているからこその、美食のミチルなのだ——ちなみに、その美術準備室は、まだ見せてもらっていない。

こっそり覗《のぞ》こうとしたら、びっくりするくらい怒られた——さすが番長だけあって、縄張り意識は強いらしい。

もしくは男子厨房に入らずの逆を行く、進歩的な思想の持ち主なのかもしれない。

……いや、それはないか。

彼のジェンダーに関する思想がどうなのかはさておき、今も気軽に背中を押してくる辺り、不良くんがわたしを女子扱いしていないことは明白である——いいだろう、男子の制服を着て登校していることを差し引いても、女子扱いされたくて、わたしは美少年探偵団に入団したわけでもない。

不良くんも、いつからかわたしを『瞳島』ではなく『眉美』と呼ぶようになったけれど、それを心地よく感じるのは、決して浮ついた気持ちではないのだ——むろん、不良くんとか呼んでおいて、なんと呼ばれようと、文句を言うわけにもいかないという当然の事情もある。

「……あ、そうだ」

と、そこでわたしは思い出した。

そもそも、どうしてわたしが今日、終業から直行で、美術室に向かっているのか、その目的意識をだ。

いくらメンバーとして、多少なりとも自覚が芽生《めば》えてきたとは言え、それでもわたしのような意識高い系ならぬ自意識高い系のひねくれ者が、美少年の集う美術室に直行するということは、なかなかない——行くにしても、かなり迂回《うかい》して、校舎を二、三棟経由して、たまたま道に迷ったふりをして行くことが多い（わたしはいったい何をしているんだ?）。

まっすぐ、最短距離を歩んだ今日こそ、例外なのだ——結果、謎《なぞ》の着物少女、百合花ちゃん（仮名）と遭遇するという今世紀最大の悲劇に見舞われたわけで、やはり、ルーチンワークの大切さは、もっと広く知られるべきだろう。

らしくないことはするべきじゃないのだ。

わたしらしさを大切に、それがたとえ、根暗なひねくれ加減だったとしても——まあ、それはともかく。

「不良くん。咲口先輩は、今日、来ると思う？」

「あー。ナガヒロか？　さあ」

俺が知るわけねーだろ、と、不良くんはつれない返事だ。

さもありなん。これは訊く相手を間違えた。

生徒会長の咲口先輩と、番長の不良くんは、水と油である——喧嘩《けんか》するほど仲がいいという諺《ことわざ》があるが、このふたりの場合は、喧嘩するほど険悪だという、なんのひねりもない素直な構文が出来上がる。

わたしも、常に一触即発みたいなこのふたりが、生徒達（それぞれのファン？）が知らないところで、美少年探偵団なる同じ団体に所属していると知ったときには、驚いたものだ。

率直に言って、癒着の構図を垣間《かいま》見た気分だった。

ライバル会社だと思っていたふたつの企業が、実はお互いの株を持ち合っていたみたいな示し合わせ感と言うか……、なので、団の中でも、ふたりがきちんと仲が悪かった様子を見たときは、なんだかほっとしたものである。

そこでほっとするのもおかしいのだが。

「なんだよ、ナガヒロに何か用だったのか？　あー、あいつは何気に出席率、悪いからな。この時期は生徒会の仕事が忙しいから、当たり前だけどよ。ほら、生徒会の副会長の真面目《まじめ》さと怖さは有名だろ？」

確かに、それは有名だった。

ただ、真面目さについてはともかく、怖さについて言えば、わたしは今しがた限界的恐怖を味わったところなので、噂《うわさ》の副会長と対面しても、そんなにびくびくせずにいられる自信がある——ともかく、咲口先輩も、かの副会長の目をかいくぐって美術室に来ることは、容易ではないということか。

ちなみに、出席率が一番悪いのはわたしなのは言うまでもないとして、一番いいのは、わたしの背中をぐいぐい押しながら歩く、この不良くんである（不良なのに）。

生足くんは陸上部の一年生エースとしての活動があるので第四位……、天才児くんは無口過ぎて、いるのかいないのかよくわからないから、順位が確定しづらいけれど、初等部からはるばるやって来なくてはならない、神出鬼没の我らが団長と、同率二位と言ったところか。

「でも、そっかー。そうだよね、咲口先輩は多忙だもんねー。じゃあどうしようかな。参ったなあ。どうすればいいんだろう、わたしが今抱《かか》えている、『あの事情』を」

「うざい振りだな。悩みがあるんなら相談に乗ってやらねえぞ。ずっと悩んでろ。静かでいいや」

不良くんはそうやって優しいことを……、あれ？　厳しいことを言われている？　ようやく百合花ちゃん（仮名）ショックから、従来の感覚を取り戻せてきた。

そうだ、この番長、性格が悪い！

「つーか、お前、いつまでナガヒロのこと、咲口先輩とか、距離取って呼んでるんだよ」

「え？」

「不良くんと生足くんとか、挙げ句の果てには天才児くんとか、ひでえニックネームをほうぼうにつけといて、なんであいつのことだけは、ちゃんと名前で呼んでるんだよ。いじめか？　いじめだとしたら、いじめられてんのは俺達のほうだが」

番長をいじめる才覚はわたしにはない。

いわんや生徒会長をやだ。

「い、いや、だって、咲口先輩は、三年生だもの。いくらなんでも先輩をロリコン野郎とは呼べないでしょ？」

「そこまで呼べとは言ってねえよ」

そこまで呼んでる奴もいるけどな、と不良くんは呆れ混じりだ——参考までに、『そこまで呼んでる奴』は、一年生の生足くんである。

体育会系なのに上級生への敬意があそこまでないと言うのは、実は珍しいことなのかもしれない——わたしに対しても、最初から『瞳島ちゃん』と、なれなれしかったし。

これも今は『眉美ちゃん』になった。

メンバーで、一番最初に、わたしのことを下の名前で呼び始めたのが、生足くんだったかもしれない——あるいは、どこかで、わたし以外のメンバーが話し合って決めたのだろうか。

だとすれば、その会議、わたしも参加したかった（連《つる》むのは苦手だけど、はぶられるのも苦手）。

「先輩も後輩もねーんだよ。美少年探偵団は、あくまでもリーダーをトップに据えたグループ活動なんだから——それより下は平等だ。でねえと、この俺が、ナガヒロなんかと行動を共にするわけねーだろ」

「うーん」

それはそうか。

そのリーダーが、初等部の五年生であることも含めて考えると、咲口先輩を過度に先輩扱いし続けるのも、組織の規律を乱す行為なのかもしれなかった。

……不良くんが、『行動を共にする』と言えるほどに、咲口先輩とつつがなくやっているのかと言えば、そんなこともないと思うけど。

でも、わたし以外のメンバーが、全員、咲口先輩に対して、タメ口なのも確かだ（寡黙な天才児くんは定かではないが）。

違和感なく下の名前で呼ばれるようになって、そのことについて少なからず嬉しく思っていたわたしだが、自分のことばかり考えていて、相手がどう思っているかなど、微塵《みじん》も考えてみたこともなかった（なんて奴だ）。

全校生から支持を集める生徒会長が、まさかわたしから距離を取られているようで寂《さび》しく感じているなんてことは天地がひっくり返ってもありえないだろうけれど、『ノリの悪い奴だ』くらいのことは思われていても不思議ではないので（『今時なかなかいない、礼儀正しいできた後輩だ』と思われたいのに！）、わたしのほうからも、歩み寄りがあってしかるべきなのかもしれない。

ふっ。

わたしが人の気持ちを考えるようになるなんて、成長したものだ。

「そういうのは成長じゃなくて更生って言うんじゃねえのか？」

「土足で人の心に踏み入らないで」

お説ごもっともではあるけれど、ただ、不良くんの口から更生という言葉がでてくるのも、なんだかおかしかった。

「何笑ってんだお前は。まあいいや。だから眉美、もしも、今日ナガヒロが来ていて、なんかあいつに相談ごとがあるってんなら、いい機会だ。今日からは会長くんとでも呼んでやれ」

「会長くん……、だけど、そんな呼びかたしたら、なめてることがバレない？」

「基本、なめてはいるんだな」

やっぱお前いい根性してるよ、と、番長から根性を誉《ほ》められたところで、美術室に到着した——不良くんに促《うなが》されて、なぜか咲口先輩に頼みごとをするのと引き替えに、あの人の呼称を考えなくてはならないような事態になってしまったが（余計なことを訊くんじゃなかった）、まあ、それもこれも、このアジトに、生徒会長がいてこその話だ。

私は軽くノックしてから、扉を開け——ようとしたら、脇から不良くんが取っ手に手を伸ばした。

ちっ。この不良紳士め。

かろうじてわたしが女子であることを覚えてくれているらしい――だったら背中を乱暴に押すほうをやめて欲しかったが、ここは礼儀として、旧態依然とした淑女を装い、わたしは開けられた扉を先にくぐって、美術室に這入《はい》った。

結論から言うと、美術室に咲口先輩はいなかった。

室内は無人だった――わたし達が一番乗りらしい。

否。違う。

今は無人だが、誰かが既に来ていたことは明らかだった――なぜなら、昨日まではそこにはなかった見覚えのない物体が、教室の壁に立てかけるようにして、設置されていたからである。

それは――巨大な羽子板だった。

3 押絵羽子板

と言うらしい。

あとから来た、天才児くんが教えてくれた。

わたしと不良くんが、およそ正体不明の、人間サイズ（わたしよりも大きく、不良くんよりは小さいくらい）の羽子板に言葉を失っていると、天才児くん、生足くん、そして団長が、立て続けに美術室にやって来た――その流れで咲口先輩もいらっしゃるんじゃないかと思ったけれど、人の流れはそこで途絶えた。

やはり生徒会の業務が忙しいのか。

今日は特に、団長からの召集がかかっていたわけでもないし、まあ、これは偶然に期待したわたしのほうが悪い――頼みごとがあるのなら、持たされている携帯電話（おめめに優しい子供ケータイ）で、アポを取ればよかったのだ。

ただ、そんな真摯《しんし》な反省をするには、美術室内に、突如出現した存在感満点な羽子板のインパクトは大き過ぎた。

羽子板。

説明の必要はあるとは思えないけれど、しかしまあ、念のために言っておくと、正月に、羽根突きをする道具だ――万が一この説明でも通じないのであれば、そう、木の板で作ったテニスやバドミントンのラケットをイメージしてもらえれば、結構近いかもしれない。

美食のミチルなら杓文字《しゃもじ》のようなものと解説するだろうか。

とにかく、それの巨大な奴だ。

本当に杓文字だったなら、そう言えば、広島県のおみやげ物屋さんみたいなところで、こういうのを見たことがあるが（テレビで見た）、長方形に取っ手がついたような形状は明らかに羽子板である。

しかも、この羽子板、ただ大きいと言うだけではない。

飛び出す羽子板だ。

立体視のような絵が表面に描かれているということではなく、絵が実際に飛び出している——どうやらそれを、押絵と言うらしい。布や綿で構成された『人形』が、長方形の板の全面に張り付けられているという感じである。

天才児くんが教えてくれたと言ったが、彼はきわめて無口なので、直接教えてくれたわけではない——天才児くんの表情を受けて、美少年探偵団の団長である指輪学園初等部五年A組、双頭院学《そうとういんまなぶ》くんが、

「はっはっは！」

と、いつも通りに代弁してくれたのだ。

正直なところ、双頭院くんが代弁することによって、情報の信頼性は極めて落ちていたし（だいたい、表情で察せられるような知識か？）、美術室に這入ってきたとき、

「やあ眉美くん、やあミチル、やあソーサク、やあヒョータ、やあナガヒロ！」

と、先にいたメンバーにトップとして声掛けをしたのはいいものの、人間大の羽子板を咲口先輩と間違って挨拶《あいさつ》していたりしたので（確かに、サイズ的には、ちょうど咲口先輩くらいかもしれない）、どこまで鵜呑《うの》みにしていいのかわからなかったが、とは言え、正体不明の羽子板に、それらしい名前がついただけでも、多少の安心感はあった。

あくまでも多少、だが。

それと言うのも、羽子板に張り付けられている『人形』の造形に問題があった——実際の押絵羽子板がどのようなものかは知らないが、この羽子板に張り付けられているのは、ほぼモンスターだった。

ハリウッドのＳＦＸさながらと言うのか、『あー、今はこういうの、ＣＧで作っちゃうんだよなー』みたいな造形のクリーチャーが、羽子板にひっつけられている。

普通、押絵羽子板には、歌舞伎《かぶき》役者の人形やら若い女性の舞姿やらが張り付けられているそうなのだが、この場合、羽子板に封印されていた魔物が、外界に出ようと悪足掻《わるあが》きをしているかのような有様《ありさま》だった——白状すると、美術室に這入ってこの羽子板を目視した際、悲鳴をあげて不良くんに抱きついてしまったくらいだ。

無駄な女子力！

……邪険に押しのけられたことは内緒だ。

「てゆーか、ソーサクが作った新しい芸術作品じゃないの？」

と、生足くんが言った——ちなみに、既にメンバーは全員、ソファに移動して、美食のミチルが淹《い》れてくれたお茶と、用意してくれた新作の茶菓子で、ティータイムを嗜《たしな》んでいる。

最初は、謎の羽子板を囲んで、ああだこうだと言い合っていたけれど、さしあたって、緊急の危険性はなさそうだということで、テーブルにつくことにしたのだ。

危険性の判断には、わたしの目を使った。

眼鏡を外し、『中身』まできちんと確認した。

正直、こんな不気味な物体を裸眼で凝視したくはなかったのだが、

「我々の活動を阻害せんと企《たくら》む組織から届けられた爆弾かもしれないからね！」

と、団長がほがらかに物騒《ぶっそう》なことを仰《おっしゃ》ったので、確認しないわけにはいかなかった——

結果はシロ。

様相こそ怪奇的と言うしかなかったが、しかしその材料は、まっとうなものばかりだった——羽子板本体は一枚の木材だし、モンスターは布と綿、それに新聞紙やボール紙で構成されていて、人形の表面を色づけしている絵の具にも、これと言って怪しいところはなかった。

ならばとりあえずは、このままにしておいてもよかろうと、一服することにしたのだ。

明らかな不審物に対してやや暢気《のんき》な対応という気もしたが、

「火急でないのなら、ナガヒロにも見せてみよう」

というのが、団長の指針だった。

全員奔放な割に、チーム行動を忘れない美少年探偵団である。わたしもメンバーとして、その方針には従うことにしたのだった——もっとも、あの生徒会長が、何も知らずに美術室に這入ってきてびっくりする様を見たいという意地悪な気持ちがまったくなかったと言えば嘘《うそ》になる。

ちなみに不良くんが淹れてくれたお茶は、そういう調合をしてくれたのか、ざわめいていた心が落ち着く風味のハーブティーだった——生足くんなんてくつろいでしまって、ソファに横たわっている有様だ。

いや、彼がソファに、まともに座っている姿なんて見たことがない——だいたい、逆《さか》さになって、自慢の足を見せびらかすかのように座っている。

さすが一年中、こんな冷え込む年末になっても、制服を改造したショートパンツを穿《は》いているだけのことはある——ただ、今日は陸上部にも顔を出してきたようで、さすがに疲労していると言うのもあって、逆さの姿勢ではなく横臥なのかもしれない。

その上で彼は、横たわった足を、勝手にわたしの膝の上に載せている。

足を足に載せる形の膝枕は初めてだ。

これは後輩からのセクハラなんじゃないかと思わなくもなかったが、生足くんの生足を、こんな間近で見られる機会もないので、わたしは気付かない振りをしていた。

うわー、すべすべだ。

陶器みたい。

さすが、美脚のヒョータ。

陸上部の一年生エースにして美少年探偵団の肉体労働担当、天使のような見た目に反して体力班、一年A組、足利飆太《あしかがひょうた》くんである(注……天使のような外見に反しているのは体力だけではない)──そんな彼が投げかけた質問に、天才児くんは答えなかった。

ほとんど無視したみたいな感じの悪い対応だが、その表情に微々たる変化はあったらしく、団長が、

「そんな覚えはないそうだ」

と、天才児くんに代わって答えた。

首を振ったわけでもないのに、どこで認否を判断したのだろう──まさかテレパシーか何かで通じ合っているのだろうか。

まあ、それは今すぐに解けるような謎ではないとして（その以心伝心について、あまり真面目に考えるのも馬鹿馬鹿しい）、問題の押絵羽子板が、美少年探偵団の美術班、美術のソーサクこと、指輪創作《ゆびわそうさく》くんの作品だという仮説には、一瞬納得しそうになっていただけに、その否定には、やや落胆した。

でも、そりゃそうか。

指輪学園を運営する指輪財団の後継者と目される天才児くんは、その出生とは裏腹な芸術家としての顔を持ち、持てる才能を存分に発揮して、本来は空き教室だった美術室を、これでもかというくらいに飾りたてている。

この教室に配置されている彫刻や絵画や陶器（生足くんの美脚ではない、本物の陶器）の大半は、彼の作品だと言う――天井を彩《いろど》る星空の景色も、彼が筆をふるった『作品』だ。

だから、押絵羽子板も彼の新作だという発想は、わたしが思いついていてもよかったくらい順当なものだったけれど、ただ、その推理には一点だけ、瑕疵《かし》があった。

この羽子板、美術室のテーマからは外れている。

だからこそ、そこにあるだけで異様な存在感を放っているのだが――床には毛足の長い絨毯《じゅうたん》が敷き詰められ、豪奢《ごうしゃ》なテーブルにふかふかのソファ、見上げれば大きなシャンデリアがつり下げられて、天蓋《てんがい》付きのベッドまで用意された美術室は、言うまでもなく洋風に設《しつら》えられており、ゆえに、言うまでもなく和風そのものである羽子板は、そぐわない。

これを指して和洋折衷《せっちゅう》とは言えないだろう。

素人であることにかけては人後に落ちないわたしでも感じるその違和感を、美術班の天才児くんが、看過《かんか》できるはずもない――だから、団長の代弁の信憑性はともかく、あの押絵羽子板が天才児くんの作品でないというのは、その通りなのだろう。

でも、じゃあ誰が？　という話になる。

誰がこんなものを作ったのだ？

いや、誰が作ったのかは、まあ、極論、どうでもいいのかもしれない――まず第一に考えるべきは、誰がこの羽子板を、美術室に持ち込んだのかである。

似たような疑問に見えるが、実はこのふたつの意味合いは、全然違う。

なぜなら美少年探偵団の活動は、学園側には正規に認められていない非合法なものだからだ――初等部の小学生が仕切っている時点で推《お》して知るべきではあるが、生徒間でまことしやかにその存在が囁《ささや》かれている程度で、具体的な構成メンバーさえも明らかになっていない。

その実体を知っているのは依頼人のみで、しかも通常とは真逆に、依頼人のほうに守秘義務が課される仕組みなので、情報はまったく表に出ない――はずなのだ。

使われていなかった美術室を無法に改造して事務所にしていることも、知られていない――はずなのだ。

にもかかわらず、誰かが美術室に侵入した形跡があるというのは、あってはならない由々しき事態である。

高価な調度品がおいてある割には施錠はされていないし、ある意味、這入ろうと思えば誰でも這入れる。

防犯意識の低さが招いた事態ということもできるが……、ものが盗《と》られるならまだしも、ものが増えているというのも、ことの落ち着かなさを加速させている。

まあ、勝手に占拠した美術室に不法侵入されたからと言って、怒る権利が我々にあるのかと言えば、まったくない気もするけれど。

「はっはっは、それは違うぞ、眉美くん。僕達は先日、この教室の正式な使用権をいただいたではないか――今やこの美術室は、誰に恥じることのない、美少年探偵団の事務所なのだ」

団長が、わたしを安心させるように、尊大に言った。

ちっとも安心できないけどね？

確かに前回、この美術室を最後に使っていた元美術教師の永久井《とわい》こわ子《こ》先生から、団長はどさくさにまぎれて教室使用の許可を得ていたけれど（『屋根裏の美少年』参照）、ただ、それはなんと言うか、ほとんど気分の問題みたいなもので、既に指輪学園の教職を辞している永久井先生は、言ってしまえば部外者であり、あの人の許可があろうとなかろうと、結局、美少年探偵団が学園施設をいわれなく占拠している状況に、まるで変化はないのだ――学園側にバレたら、番長だろうと生徒会長だろうとエースだろうと、どれだけの叱責《しっせき》を受けることになるか、想像もつかない。

指輪財団の後継者（経営にも嚙《か》んでいる）である天才児くんがいたら大丈夫と言うことには、この場合はならないだろう――むしろ事態は悪化するかもしれない。指輪財団だって決して一枚岩ではないだろうから、そのスキャンダルにつけ込まれて、最悪失脚しかねない。

まして、なんの『表の顔』も持たないわたしなど、よくて退学処分だ。悪くて刑事事件として立件されるまである――美術室の占拠と違法改造については、わたしはほぼ関与していないのだが、こうしてソファに座ってテーブルにつき、うまうまとハーブティを嗜んでいる以上、言い訳は利くまい。

そして主犯であるリーダーの双頭院くんは――

「…………」

双頭院くんは初等部所属の小学五年生だから、まあ、それなりのお小言をもらってしゃんしゃんかな……。

責任者の責任が問われない構造になっているこの組織は、やはり大いにバランスを欠いているとしか言えなかった。

しかし、責任の所在はともかく、この事態が、美少年探偵団の存続にかかわる事態であることは、決して大袈裟《おおげさ》ではなく、確かなのだった。

ならばやはり、なんとかして責任、もとい、解団を回避するためにも、誰がこんな巨大な羽子板を、美術室に置いていったのかを突き止めなければ、わたし達を『後継者』として認めてくれた永久井先生にも申し訳が立たない——ん？

「ちょっと待って。天才児くんのじゃないのはわかったけれど、じゃああの羽子板、あれも永久井先生の作品だっていう線はないの？」

「それはないでしょ、眉美ちゃん」

我ながらなかなか可能性を感じる着想だと思って提示してみた問いかけだったけれど、生足くんに即座に否決された。

この子、人の太股《ふともも》の上にふくらはぎを載せておきながら、そんな気遣《きづか》いのない全否定をするとは……。

「だって、考えてもみて。眉美ちゃんがさっき言った通り、永久井ちゃんはもうこの学園にとっては部外者で、どころか、本土にさえいないんじゃん。どうやって美術室に、あんな不審物を仕込むって言うのさ」

くっ。

足を第一の脳と位置づけているような後輩に『考えてもみて』なんて言われると、こんなに腹が立つものなのか――腹が立った分を取り戻そうと、美脚に対して美観で対抗するように、わたしは彼の生足をなめるように見るのだった。

本当になめてやろうかな。

ただし、仰ることは、その通り。

永久井先生の場合、ただ部外者というだけではなく、ほとんど不祥事みたいなことをやらかして指輪学園を去っているので、はっきり言ってお尋ね者《たずもの》みたいな状態なのだ。

この間、学園に足を運んだのも、何年ぶりなのだったか……、それも、すぐに帰って行ったし。

ええと、そう、今はどこかの孤島で、芸術活動に勤《いそ》しんでいるんだっけ……、そこを含めて考えても、今更、昔の職場である指輪学園を訪れ、あまつさえ、こんな悪戯《いたずら》をするとは思えない。

そのことを思うと、確かに前回、この美術室の屋根裏から発見された数十枚の絵画は、永久井先生の作品だったけれど、だからと言って、この羽子板もまたそうだと判断するのは、いささか早計だったかもしれない——あの複数の絵画も、なかなか奇妙な作品群だったけれど、基本的にあれは永久井先生の、何年来の『忘れ物』を、わたし達が見つけたというシチュエーションだった。

今回は、嫌でも目につく室内に、昨日までは絶対になかった羽子板があるというシチュエーションである——不可能状況とは言わないまでも、状況自体が不可思議だ。

美術室の『後継者』とは言っても、永久井先生には現在の活動があるわけだし、リスクを冒してまで、わたし達に構ってはいられまい。

厳密に言えば、この羽子板が永久井先生の作品だという可能性を完全に消去するだけの根拠はないけれど、少なくとも、彼女がこれを美術室に運び込んだという可能性のほうは、抹消してよさそうだった。

うーん。

だとしたら、いったい誰が。

誰が、なんのために、こんなことを。

「あいつじゃねーのか？　あのぺてん師」

不良くんが別の容疑者を見つけてきた。

この世にぺてん師は数多くいるだろうが、ここで言うぺてん師とは、私立髪飾《かみかざり》中学校の生徒会長、札槻嘘《ふだつきライ》くんのことを指す——美少年探偵団とライバル関係にあるチンピラ別嬪《べっぴん》隊の長とだけ説明しておけば、事足りるだろう。

「例のカジノをぶっつぶしてやった被害が回復したら、リベンジを仕掛けて来るとか来ないとか、そんな話だったろ？　これがそうなんじゃねーの？」

「おいおい、ミチル。証拠もなく人を疑うのはよくないなあ」

リーダーが窘《たしな》めるように言ったが（小学五年生）、探偵なんて、疑って証拠をあぶり出すのが仕事みたいなものだから、いまいち説得力に欠ける。

まあ、過去の関係者である永久井先生と違って、美少年探偵団と現在進行形の因縁《いんねん》がある札槻くんの犯行だと考えるのは、それなりに現実路線かもしれない。

じゃあ、送りつけ詐欺《さぎ》みたいなものだろうか？

わたし達がこの羽子板を気に入って、我が物にしようと美術室に飾るや否や、料金を請求するつもり？

……ないなあ。

札槻くんが、美少年探偵団と対立する立場にある以上、一応、検討に値する推理ではあるけれど、彼の犯行だと仮定するには、メリットやリターンがあまりにも少ない——札槻くんは、ぺてん師である以上に、ビジネスマンなのだから。

夜の学校を占拠して、体育館でカジノホールを開いていたような中学二年生がやることとして、送りつけ詐欺というのは、あまりにスケールが小さい。

何より、遊び心に欠ける。

ぺてん師である以上に、ビジネスマンである以前に、札槻くんは遊び人なのだから——面白味を重んじるはずなのだ。

「はっ。あんな胡散臭《うさんくさ》い奴のことを、随分理解してるみてーだな」

「あ、違うのよ、不良くん。敵を知り己を知れば百戦して危うからずってだけなの。嫉妬《しっと》しないで?」

「誰がするんだよ。己を知らな過ぎだろ、お前」

辛辣《しんらつ》だった。

ただ、チンピラ別嬪隊からヘッドハンティングの誘いをかけられているわたしの言葉には、それなりの説得力があったようで、生足くんも、

「確かにらしくないよね」

と同意してくれた。

「送りつけ詐欺かどうかはともかくとして、敵陣に贈り物をするってやり口の大胆さには、遊び人っぽさはあるけれど、その場合、羽子板ってのが、よくわからないもんね。伝わらない遊び心ほど、無意味なものはないでしょ」

「確かに……」

ともすると、押絵のクリーチャーばかりに注目してしまうけれど、たとえこれが、表面に押絵が張り付けられていない、平べったい羽子板だったとしても、意味不明さは変わらない。

否、モンスターの人形があることで、かろうじてメッセージ性を感じ取れる分、異様なのは実は、羽子板という部分なのかもしれない。

ところが、

「何を言っているんだね、諸君。それは明白だろう」

と、リーダーは言った。

明白？

「もうすぐお正月だからだよ」

「……………」

相変わらず、この団長は馬鹿なことを。

と、あながち一笑に付したものでもないのか?

事実として、今は十二月であり、お正月が目前である——だから羽子板という道具立てなのだと言うのは、あまりにも短絡的な気もするけれど……。

「なるほどな。正月だからか」

わたしと同じ風に考えたのかどうかは定かではないが、とりあえずは『リーダーの言うことは絶対』という、団則とは別の不文律のある美少年探偵団のメンバーとして、不良くんはそんな相槌《あいづち》を打った。

「じゃあ、このあと、羽子板がもうひとつと、シャトルみたいな奴が、立て続けに届くわけか。そうでないと、羽根突きができないもんな」

シャトルと表現したら本当にバドミントンになってしまうが……、それに、この羽子板に匹敵する大きさの羽根となると、ボウリングの球みたいなものが届くことになる。

あまり予想して面白い未来ではない。

面白くないということは、やはり札槻くんの容疑は薄くなる。

他に美少年探偵団に、敵対勢力っていたっけ?

「『トゥエンティーズ』は? 麗《れい》さんの仕業ってことはない?」

生足くんが言ったが、それは即座に却下していい可能性だろう。永久井先生や札槻くんよりもずっと、ありえない。

なにせ麗さんが率いる『トゥエンティーズ』は、ガチの犯罪者集団だ——運び屋である彼女達ならば、もちろん、美術室どころか、銀行の金庫室にだろうと、巨大な羽子板を運ぶことは容易だろうけれど、そんなエンターテインメント精神に満ちあふれたグループじゃない。

それこそ、盗聴器やら爆弾やらが、羽子板に仕込まれていたというのならまだしも……、それはないことは、わたしがこの目で確認している。

「そっかー。残念。またあのむちむちな足に会えると思ったのに」

本当に残念そうな生足くんだった。

自分の美脚にこだわるだけじゃなく、異性の足にも美しさを求めるのだろうか——じゃあ、こうして一風変わった膝枕としてオットマンにされているわたしの足は、及第点をいただけているのかもしれない。

別に嬉しくないけど。

むちむちを求められているんだとしたら、特に。

「なんだよ。結局、なんにもわかんねーし、有力な容疑者もいねーってことか？　こんなの、議論するだけ無駄じゃねーかよ。だったらナガヒロにでも調べさせようぜ」

投げやりのようでもあり、丸投げのようでもある不良くんの誉められない態度だったけれど、ただ、こういう会議をするときに、咲口先輩が不在だというのは、やっぱり、締まらないものがあった。

美少年探偵団なんて組織に所属している時点で、別に咲口先輩もまともじゃあないんだろうけれど、少なくとも、エキセントリックではない推理やまっとうな調査という分野においては、あの人がいなくては成り立たないようだ。

エキセントリックな推理やまっとうでない調査の第一人者であるリーダーも、これには同意せざるを得ないようで、

「ふむ。確かに、ナガヒロ抜きで話し合えるのは、このくらいまでかもな」

と、頷《うなず》いた。

「では、さしあたって次の議題に移ろうか。もうすぐ冬休みだから、美少年探偵団で冬期合宿をおこなおうかと思っているのだが――」

進行が早い。

と言うか、たぶん巨大な羽子板が、知らぬ間に美術室に持ち込まれていたという『事件』が、あまりリーダーの琴線に触れなかったのだろう。

つまり。

双頭院くんはこの『事件』を、美しいと思わなかったのだろう。

今更ながら、美少年探偵団は普通の探偵団とは違う——美しい事件や美しい謎にしか興味がない。

むろん、美しいとか美しくないとかは、主観的な判断だ。たとえば、わたしが十年間にわたって思い悩んでいた、どうしようもない難題を、双頭院くんは、『美しい』とジャッジした。

正直心外だったし、業腹でもあった——今も、完全に納得しているわけじゃあないのだけれど、そんな風に揺るぎなく、己の感覚を信じられるリーダーに、憧憬《どうけい》を抱かずにはいられなかった。

だからわたしは美少年探偵団に入団したのだし、今もこうして、席に着いている。

美学のマナブ。

双頭院学の審美眼に、わたしは目の使いかたを学んでいる——しかし、事件や謎をえり好みするのはまだしも、団の危機にまで美しさを求めるというのは、やや行き過ぎという気もする。

そんなあっさり棚上げにしてしまっていいようなことでもないと思うのだが……、咲口先輩が調べたら、すぐに真相がわかるというわけでもないだろうし。

せめて、不審物を運び込んでいる不審者を見たという目撃者でもいれば手っ取り早いのだろうけれど、美少年探偵団が根城としているだけのことはあって、特別教室ばかりが集まったこの校舎には、基本的に、生徒も先生も寄りつかない。

特別教室でおこなわれるような授業を、あらかたカリキュラムから廃した学園の姿勢が、この校舎を半《なか》ば、ゴーストタウン化ならぬゴーストビルディング化させてしまっているわけで、犯人からしてみれば、非常に仕事のしやすい舞台設定だっただろう――って、おい。

ぱしんとわたしは、自分の頭を叩《たた》いた。

そうだよ。

なにが『目撃者でもいれば』だ。

この美観のマユミが目撃者じゃないか。

ゴーストで思い出したが、モンスターや魔物で連想していても、ぜんぜんおかしくはなかった――妖怪。

わたしは今日、この美術室を訪れるにあたって、妖怪とすれ違っている――まっすぐ美術室に向かうわたしと正面からすれ違ったということは。

あの座敷童は、もしや美術室からの帰りだったのではなかろうか。

4 川池湖滝《かわいけこだき》

言い訳をさせてもらえば、わたしが廊下で接近遭遇した座敷童の百合花ちゃん（仮名）と、美術室に突如出現した巨大な押絵羽子板とを、繋《つな》げて考えられなかったのは、断じてわたしの勘が鈍《にぶ》いからではない。

誰だってこうなると思う。

なぜなら座敷童の記憶は、暴虐の限りを尽くしたと言える彼女の台詞とセットになっているからだ——わたしが無意識のうちに、わたしの繊細でデリケートな心を守ろうと、かの記憶を封印しようとしたとしても、それは責められないことに違いない。

違いないったら違いない。

とは言え、完全に和のアイテムである押絵羽子板と、同じく和の雰囲気を全身にまとっていた着物姿の座敷童は、並べてみると、こんなにしっくりくるものはなかった。

じゃあ、あの子が犯人？

あの子が、美術室に不審物を持ち込んだ不審者？

まあ、彼女が学園の廊下を『美しく』歩いていた姿も、恐ろしく浮いていたので、たとえ押絵羽子板を置いた犯人が彼女じゃなかったとしても、不審者であることに違いはないけれど……。

いずれにしても、これはわたしがひとりで抱え込んでいいことではないだろう——美少年探偵団の一員として、情報を提示すべきだ。

「冬期合宿？　なんだそりゃ、リーダー。どこかで雪の山荘にでもこもろうってのかよ。俺に三食作らせる気か？　どんだけの手間なんだよ。俺は専属コックじゃないんだぜ」

「さすがに冬休み中、一回も部活に出ないわけにはいかないから、日数を調整してほしいかなー。あと、覚悟はしているけれど、本当に寒いところはやめてもらえる？　鳥肌が立っちゃったら、僕の美脚が台無しだから」

「はっはっは。大丈夫、そのあたりはナガヒロがきちんと差配してくれるはずだとも！」

「それもナガヒロ任せなのかよ。だったらあいつの仕事を更に増やすために追加で要望を出させてもらうけど、折角だから、旬の食材が手に入るとこに行きてえな」

会議が次の議題に移って、つつがなく進行していく——思わず、『いや、わたしは冬期合宿なんて行かないよ？』とか、『専属コックじゃなかったの？』とか、『一応、陸上部の一年生エースとしての自覚はあるんだ』とか、『せめて合宿中は長ズボンを穿いてもいいんじゃないの?」とか、『不良くん、雑務が咲口先輩任せだとわかった途端、乗り気になってるじゃない。三食作る気満々じゃない』とか、ディスカッションに参加しそうになったが、ぐっとこらえる。

この美少年達の危機意識のなさに引っ張られるな――このヒト達は、美少年であるばかりに、人生がここまで思い通りに行き過ぎて、どんなピンチも『まあ、なんとかなる』と思い込んでしまっている、可哀想《かわいそう》な生き物なんだ。

わたしが保護してあげなければ！

あと、できれば冬期合宿案を潰《つぶ》したい――わたしが行かないのは当然としても、わたし抜きで行かれるのもなんかヤダ。

なので、犯人かどうかはまだ判断できないにしても、少なくとも、永久井先生や札槻くんや麗さんとは違う、現実的な容疑者である百合花ちゃん（仮名）のことを、わたしは俎上《そじょう》に載せなければならないのだが――これが実は、そう簡単なことではなかった。

いや、会議の流れをぶった斬《ぎ》るのに気後れしているというわけではない。空気を読まないのは、むしろ得意だ。

だが、わたしを躊躇《ちゅうちょ》させるのは、あの座敷童の、とめどないまでの現実感のなさだ――学校の廊下で座敷童を目撃しただなんて、リアリティに欠ける。

どんな霊感少女だ。

こうして実物が目の前にある押絵羽子板なら、どれだけ非現実的であろうとも、みんなで共有するのに難はないけれど、あの座敷童を見たのはわたしだけなのだ。

ここまで言及していないと言うことは、その後、追いついてきた不良くんは、あの子を見ていないということだろうし――彼女は、わたしだけが見た座敷童なのだ。

そのことが、わたしの口を重くさせる。

なぜなら、わたしの人生には、わたしにしか見えない星を追い求めた、なんとも言えない十年間があった――自分が確かに見たものを誰にも信じてもらえなかった、孤立の十年間。

それは、わたしの有する特殊な視力の賜物《たまもの》であり、わたしを信じてくれなかった彼ら彼女らを責められる孤立じゃあないのだけれど、そこを重々承知の上で、楽しい十年間だったとは、やはり言えない。

ひとり、屋上で星空を眺《なが》め続けた十年間は。

今でも夢に見るほど、辛い日々だった。

だから、目撃してしまった座敷童の話を持ち出すのは、かなり勇気のいることだった――眼鏡をかけていたとか、かけていなかったとか、そんなのは本人であるわたしにとっては、実に些細《ささい》なことなのだ。

なんだそりゃ？

見間違いじゃないの？

というリアクションが返ってくるのが、すごく怖い——けれど、そこまで考えて、『わたしはまだそんなことを言っているのか』と、激しい自己嫌悪にかられた。

危機意識に欠けたこの美少年達が、わたしの見たものに対して、そんなリアクションを取らないことくらい、わかり切っているだろうに。

未《いま》だ、何と戦っているんだ。

いつまでこんなことを言っているんだ。

わたしが暗くて性格が悪いのはわたしの勝手だけれど、だからと言って、他のみんなまで全員そうだと考えるのはどうかしている——まして、この愉快な連中は、わたしだけが目撃した星の話だって、ほとんど疑いを挟まず、鵜呑みにしてくれたじゃないか。

美しい。

とか言って——であれば、ああも美的に歩いていた百合花ちゃん（仮名）の目撃談など、むしろもってこいだろう。

巨大な押絵羽子板の出現という謎に対しては、あまりそそられなかったらしい一同だったければ、リアリティに欠けているからこそ、座敷童には、あるいは単体でも興味を示してくれるかもしれない。

「あの……、ちょっといいかしら」

わたしは挙手した。

冬期合宿の、行き先や日程、それに食事のメニューについて、熱い議論を交《か》わしている四人（もちろん、天才児くんの意見は、団長が代弁しているので、実際に話しているのは三人）の間に、割って入った。

「なんだいなんだい、眉美くん。きみも冬期合宿について、希望があると言うのなら聞こうじゃないか。安心したまえ、眉美くんのご両親の許可なら、リーダーとして僕が取る！」

やめて。

本当にやめて。

ただでさえ、十年間を天体観測で棒に振った娘が、男装して中学校に通うようになったという現実に向き合うだけで、わたしのご両親はいっぱいいっぱいだと言うのに、そこに尊大な小学五年生が乗り込んできたら、本気で家庭崩壊する。

冬期合宿案を潰すためにも（なんてモチベーションだ）、わたしは、

「じゃなくって、あの羽子板の件なんだけど」

と、軌道修正する。

話を戻す。戻すべきところに。

「おやおや。なんだい、まだその話をするのかい。こだわるねえ」

こだわりがなさ過ぎるんだ、あなたが。

たとえあの羽子板に爆弾が仕込まれていても、『美しくないから、どうでもいいや』で済ましてしまいかねないこだわりのなさである。

「なんだよ、眉美。さっきからずっと、言いたいことがありそうな顔しやがって。わかったわかった。合宿先では、特別にバーベキュー以来の禁を解いて料理をちょっとは手伝わせてやる。おせち料理の作りかたを教えてやるぜ」

何がわかったんだ。どんな妥協だ。

おせち料理を作る気なの？

修学旅行もサボったような不良くんが、なんだかんだ言いつつも、どうして合宿には乗り気なのかは謎だったが、わたしは話を逸《そ》らさず、

「座敷童」

と言った。

「ここに来る途中、わたし、座敷童を見たんだけれど——もしかしたら、あの子が美術室に不気味な押絵羽子板を持ち込んだ犯人なんじゃないかな」

言ってしまえば、二言三言のこんな台詞を言うのに、いったいどれだけ迷走して、いったいどれだけ逡巡《しゅんじゅん》して、いったいどれだけ葛藤《かっとう》しているのか、我ながらうんざりするくらいだったが、言ってしまえばもうこっちのものだった。

さあ、気持ちのいい美少年達！

わたしへの絶大なる信頼を示して！

「…………」

四人とも沈黙を返してきた。

え？　マジで？　ドン引きモード？

天才児くんはいつものこととしても、不良くんや生足くん、それよりも誰よりも、リーダーの双頭院くんも？

『目がいい』だけでは美点として弱いと考えたわたしが、幽霊や妖怪が見えるという新しいキャラを作り始めて来たと思われてる？

いやいや、頼むよあなた達。

ひとりの女子中学生が、今、人間不信になるかどうかの瀬戸際だよ？　少なくとも美少年不信にはなるよ？

「そ、そう。とても美しく歩く座敷童だったわ。美しく、美しく、本当に美しく」

とにかく『美しさ』を強調するわたし。

そうすることで、なんとか彼らの興味を引こうとしたのだが、むしろ波が引いていくように、四人の沈黙は重くなる一方だった。

無神経なわたしが、触れてはならないタブーに触れてしまったみたいな空気だけれど、何これ？　わたしがいったい何をした？

「え、えっと百合花ちゃんは——あ、百合花ちゃんって言うのは、わたしがあの子に勝手につけた名前なんだけれど、もちろん、本当に妖怪ってわけじゃなくて、たぶん、いえいえ、絶対に人間の子供だと思うんだけれど、あくまでも七五三みたいな着物を着た雰囲気が、人間離れして見えたのかな、足音もしなかった——いや、したかな？　足音もしないなんて、そんな怪談みたいなことは決して——」

わたしはしどろもどろになりながら、記憶をマイルドにねじ曲げてまで己の発言を取り消そうとしたが、一同は、唇を真一文字に閉じて、ノーリアクションである——いや、せめてリアクションはして？

そんなわたしの願いが通じたのか、

「眉美。そいつは」

と、不良くんが、慎重そうに口元を押さえながら、わたしのほうを向いた。

やった！　すばらしい！

今度から不良くんじゃなくて良くんって呼んであげる！

「お前のことを、『貧困層』とか『庶民の出』とか『愚民』とか『社会の底辺』とか、そんな風に呼んでたか？」

「え、えっと……」

その辺はまだ触れてなかったし、正直、触れるつもりもなかった——自ら口にするには、あまりにおぞましい罵声《ばせい》である。

その段に至れば、適切にごまかすつもりだったのだけれど、あれ、どうしてそれを、彼はぴったり言い当てて来たのだろう？

「『貧困層』と『庶民の出』は言われたかな……、『愚民』と『社会の底辺』は言われてない。あと、なんか一個、言われてたような……、あまりにおぞましくって、都合よくメモリーからカットしちゃったみたいだけど……」

「『下界の民』でしょ」

生足くんが言った。

それは、軽薄なお調子者を地でいく生足くんにはありえないほど、真剣な声音だった──前に彼のそんな声を聞いたのは、わたしが勝手に敵対勢力である札槻くんと密会していたときなのだから、よっぽどである。

しかし、確かにそうだった。

なぜだ。どうしてわかる。

このわたしが、貧困層で庶民の出で下界の民だと、どうしてわかる！

「そう言われただけだろ。つーか、お前はむしろ、そこそこ甘やかされた、ぬるま湯の家庭で育てられてるほうだろ」

「な、慰めてくれるの、良くん！」

「誰が良くんだ」

お気に召さないらしい。

あと、これもまた相対感でわかりにくくなっているが、よく聞いたら、慰められてはいなかった。

甘やかされたとかぬるま湯とか言われてる。

ともかく、

「不良くんも、生足くんも、百合花ちゃん（仮名）のことを知ってるの？」

と、わたしは問いただした。

まさかわたしが罵倒されているさまを横から見ていたというわけでもあるまい——だとすると、わたしのようなぬるま湯女子を、あのように罵倒するのをスタンダードスタイルとする座敷童を、彼らはあらかじめ熟知していたと見るのが、自然なように思える。

となれば、わたしの目撃証言を聞いての沈思黙考の意味合いが変わってくる——あれは、座敷童どころか、見ただけで呪《のろ》われるタイプの妖怪を目撃した者に対する、同情の沈黙だったのでは?

確かに、呪われたようなものだが……。

「百合花ちゃん(仮名)、ではないのだ」

果たして。

双頭院くんは腕組みをして、らしからぬ難しい顔をして言った——こんなことを言うのもなんだけれど、今まで見た中で、もっとも探偵らしい仕草《しぐさ》の双頭院くんだった。

「その子の名前は、川池湖滝《かわいけこだき》と言う——ナガヒロの婚約者だ。妖怪ではなく、悪魔というのが相応《ふさわ》しいだろう」

「あ、悪魔……?」

妖怪でさえないの?

ハードボイルドな面持ちのまま、羽子板のほうを見た——羽子板に張り付けられた、魔物の姿を見た。

そして、

「眉美くん、きみは恐るべきモンスターに目をつけられてしまったのだよ」

と続けた。

5 極秘任務（お使い）

陽気さが一番の取り柄であり、その危機意識のなさを心配せずにはいられないようなお気楽な集団である美少年探偵団の面々が、その存在を意識しただけで、ここまでローテンションになってしまう人物がいようと言うだけで驚きなのに、それがこれまで何度か言及されていた、咲口先輩のフィアンセだという事実に、わたしは衝撃を受けずにはいられなかった。

いや、違うじゃん。

もっとみんな、今までその婚約者のことについては、楽しげに話してたじゃん。

親が決めた婚約者だと言い張る咲口先輩のことを、ロリコンだロリコンだと、愉快にいじってたじゃん。

なのでてっきり、大和撫子《やまとなでしこ》的なイメージの、可愛らしい幼女を想像していたけれど、ふたを開けてみれば、あんなのが許嫁《いいなずけ》だなんて、ほとんど妖怪に取り憑かれているようなものじゃないか——妖怪じゃなくって、悪魔なのだったか。

世の中にロリコン以上の悪魔はいないと思っていたが、まさか、小学一年生の側が悪魔だったとは……。

まあ、見た目だけなら、着物を着た和のイメージも、音もなく歩く姿も、イメージ通りと言って言えなくはなかったけれど、そんな差しつかえのないイメージを完全に覆す、数々の言葉をわたしに浴びせてくれたため、そこを繋げて考えることができなかった——『貧困層』だの『庶民の出』だの、あれらの刺々《とげとげ》しい言葉さえなければ、あの所作を見た時点でただ者でないと察し、美術室の方向から来たことから、彼女こそが噂に聞く咲口先輩の婚約者なのかな？　くらいのことは思って、なんだったら、美術室に出現した羽子板も、素直にそこに繋げて考えることができたかもしれない。

やはり言葉とは強い。

「美声に対して毒舌とくれば、いい組み合わせと言えなくはねーけどな」

と、不良くんは肩を竦《すく》めて言ったけれど、それで納得できれば苦労はない——と言うか、つまりみんなは、既に彼女と、面識があるということなのだろうか？

それがこの、沈滞した空気の原因なのだろうか。

これまで、中学生なのに婚約者のいる咲口先輩を、散々からかうように言っていたのは、あの子のことはおどけた冗談にでもしないとやってられなかったからなのだろうか
――だとしたら、あまりに切実過ぎる。

「うん。眉美ちゃんが入団する前に、いろいろとね」

生足くんがソファの上でごろりと、器用に回転して、うつ伏せになった――そしてわたしの太股に載せていた足を、ばたばたと動かした。

ばた足？

「具体的には夏期合宿のときだけど」

「夏期合宿？」

つまり、夏休みに、何かあったのか？

そう言えば、今、計画を立てていた合宿には、『冬期』と冠《かんむり》がつけられていた――恒例行事なのか、じゃあ？

だとしたら、より断りづらくなってしまうけれど……。

「いや、厳密に言うと、夏期合宿はおこなわれなかったんだよ。悪魔の手で、中断に追い

込まれたのさ」

不良くんが苦々しげにそう言って、双頭院くんがやれやれとばかりに、首を振った——その表情には、やる瀬なさがにじんでいる。

さもありなん。

わたしがこれまで見てきた限り、大概のことは有言実行で押し通しているこのリーダーの立てた計画が、中断に追い込まれたというのは、よっぽどのことだ。

いったい何があったんだ。

わたしが美少年探偵団に入団したのは十月のことなので、それ以前にあった出来事については、ほぼ把握していない——美少年探偵団の設立の経緯さえ、まったく知らないくらいだ。

「そうだね。何があったのかは、張本人に聞いてもらうべきだろうな——いよいよ、ナガヒロ抜きでは、話が成り立たない」

と、双頭院くんは、顔を起こした。

「眉美くん。悪いがお使いを頼まれてくれるかな」

「え？　あ、うん、いいけど」

「これから生徒会室までひとっ走り行って、ナガヒロを呼んできてくれ。仕事をしているとしても、そろそろ終わる頃だろう」

ぐあっ。

うっかり、反射的に早めの相槌を打ってしまったことを後悔する——生徒会室なんて、わたしのような不真面目な生徒にとっては、国会議事堂並みに近付きがたい施設じゃないか。

ひとっ走りいくのは、美脚のヒョータの仕事じゃないかしら、わたしは誠実だから人の仕事を取りたくないのよねと、それとなく、生足くんに任務を譲ろうと企んだわたしだったけれど、しかしこの作戦は、口にする前に頓挫《とんざ》した。

不真面目さにかけてはわたしなど及びもつかないような生足くんは、わたしよりもよっぽど、生徒会室は敷居《しきい》が高く感じるだろうという気遣いをしたわけではなく、もっと現実的な問題だ。

こうしてテーブルを囲んでティータイムを過ごしていると、なんだかすっかり慣れてしまった風もあって、わたしはもう違和感をなくしてしまったけれども、基本的に、咲口先輩と不良くんと生足くんと天才児くんの四人は、美術室以外の場所では、まるっきりの没交渉なのだ。

咲口先輩と不良くんに至っては、対立構造でさえある。

美少年探偵団の活動を秘匿するため、美術室の外では接点を持たないように配慮しているとか、学園内の均衡やパワーバランスを崩さないためにあえて距離を取っているとか、あとはまあ、双頭院くんがいない場所では普通に仲が良くない四人だとか、理由は様々あるのだろうけれど、なんにしても、生徒会室で生徒会長として活動している咲口先輩を呼びにいけるのは、何者でもなく、何の注目も浴びていないわたししか、メンバーの中にいないのだった。

咲口先輩が生徒会室で、表の仕事をしているまっただ中なのだと思うと、迂闊に電話やメールも送れないということだろう――まかり間違って、生徒会長のスマートフォンの画面に『美食のミチル』なんて表示が出てしまったら、明日の学園ニュースになる（咲口先輩が不良くんのことを、どんな名前で登録しているかは知らないが）。

なんだかなあ。

指輪学園中等部のトップスターを集結させたスペシャリストグループな割に、意外なほど、わたしにしかできない仕事が多いな……。

仕事と言うか、まあ、下っ端《したっぱ》らしい雑務だけども。

「ちょうどいいんじゃねーの？　お前、ナガヒロに頼みごとがあるって言ってたじゃねーか」

「え？　言ってたっけ？」

不良くんの言葉に、わたしはきょとんとしてしまったけれど、ああ、そうだ、言ってた言ってた。

怒濤《どとう》の展開に揺さぶられ過ぎて、当初の目的をなおざりにしてしまっていた——そうだよ、だから、わたしは本日、元をただせば咲口先輩に頼みたいことがあって、まっすぐ美術室を訪れたのだ。

ぜんぜん果たせてないじゃん。

咲口先輩に会いに来たのに、美術室に咲口先輩だけがいないというこの状況は、よく考えたら、まったくわたしの意に添わないものだったし、ここでわたしらしく利己的なことを言わせてもらえれば、咲口先輩にする予定の頼みごとはまったく私的な私事《わたくしごと》なので、他のメンバーに聞かれずに済めば、それに越したことはない。

ならば、生徒会室からの帰り道に、さっと頼んでしまうという段取りで行こう。

「わかった、じゃあ、ひとっ走り行ってくる。生足くん、この美脚をわたしの膝からどけてくれる？」

「まさかそんなことを言われるとは思わなかったよ。喜んでくれてるとばかり」

調子が戻ってきたのか、そんなことを言いながら、生足くんは生足を折りたたんだ——

名残り惜しい気持ちを制御しつつ、わたしは立ち上がる。

「ひとっ走り行くのはいいけれど、あんまり先走るなよ。まだあの羽子板を持ち込んだ犯人が、川池湖滝だって決まったわけじゃねーんだし」

「だけど、もうそんなの、どうでもよくない？　あの悪魔が校内に出没したってだけで、ナガヒロにとっては一大事でしょ」

僕達にとってもね。

と、生足くんが付け足した。

6　指輪学園中等部生徒会執行部

幸いなことに、咲口先輩は不良くんの読み通り、生徒会室にいた――しかも、もっと幸いなことに、他の役員は不在だった。もしも怖いと伝え聞く副会長やらがいた場合、精一杯ぶりっ子をする予定だったので、せずに済んで心底ほっとした。

「おや、眉美さん。珍しいですね。美術室で何かありましたか？」

生徒会室の一番奥の机で、書き物仕事をしていたらしい咲口先輩は、もうすぐ下校時刻だというこのタイミングでのわたしの来訪というだけで察するものがあったらしく、手を止めて、そんな風に訊いてきた。

話が早くて助かる。

と言うか、その声を聞くだけで癒《いや》される。

わたしはそこの寝椅子《ねいす》で横になるから、そのまま適当に喋《しゃべ》っていて欲しいと思ったくらいだったが、すんでのところで自分の役目を思い出した――そうだ、わたしは任務を帯びて、この生徒会室を訪れたのだ。

癒されに来たのではない。

あとまあ、生徒会室の寝椅子は、美術室のそれと違ってクッションが悪そうなので、ぎりぎり思いとどまれたというのもある。

「やっぱり年末は忙しそうですね、咲口先輩」

「ええ。特に、合唱コンクールのプログラムをくむのが、意外と難題でしてね……、やはり、曲順にはこだわりたいので。しかし、それももうあらかた片付きましたよ。なので役員の皆さんには先に帰っていただきました。もうひと段落ついたら、美術室に向かおうと思っていたところです」

「そうですか。じゃあ、待たせてもらいます」

連れてくるように言われたけれど、さすがにあとひと息だという生徒会長としての仕事を、妨げてまで連行するわけにはいかない。

わたしには常識があるのだ。

「どうぞ、そのまま続けてください」

「そうですか。では、一気に片付けてしまいますので、お好きなところに座っていただいて、五分ほどお待ちください」

「はい。どうぞお構いなく」

……なんだか、ビジネス会話みたいな感じになってしまっているなと感じつつ、わたしは、近くの回転椅子に腰掛けた——副会長の椅子じゃないだろうな、これ。

考えてみたら、わたしは美少年探偵団のメンバーとしての咲口先輩しか知らないので、そっちが表の顔だとはわかっていつつも、こうして生徒会室で、生徒会長として活動をしている咲口先輩というのは、なんとも新鮮だった。

美術室にいるときと違って、長い髪もほどいているし……、机に向かい直した雰囲気も完全に、できる男の横顔だ。

美少年探偵団の中では、美声のナガヒロとして通っている咲口先輩だけれど、声のよさとは関係なく、この人は普通に優秀な中学三年生なんじゃないだろうか？

こんなしっかりした先輩を、ロリコン呼ばわりされていると言うだけで一段低く見ていたことを、わたしは猛省しなければなるまい。

と、思うと同時に、咲口先輩が目にも止まらぬ速度でばりばり仕事を片付けていく様を眺めていると、この人は美術室では、結構リラックスしているんだということもわかった。

表の顔と裏の顔。

髪をほどいているときと結んでいるとき。

どちらかが本当の咲口先輩と言うこともないのだろうけれど、まあ、美少年探偵団としての解放された活動は、生徒会長としての仕事ぶりを陰ながら支えているのではないだろうか。

そう思えば、このあと美術室で、不良くんの紅茶で一服しようと計画していると思われる咲口先輩に、座敷童の怪談をしなくてはならないのは気が重かった。

先に個人的な頼みごとのほうを済ませたほうがよさそうにも思ったけれど、そういうわけにもいくまい。自分の都合を優先したみたいに思われるのは本意ではない——と言うか、ここは、そもそも咲口先輩と百合花ちゃん（仮名）——もとい、川池湖滝ちゃんの関係性に興味がある。

俄然《がぜん》興味がある。

夏休みに何があったにしても、とにかくメンバー内での評判は散々なようだが、人の美点を過度に見出《みいだ》す双頭院くんをして悪魔と言わしめる幼女を、当事者である咲口先輩は、どう思っているのだろうか。

こういう有能な男に限って、ああいう悪女にはまってしまうものかもしれない――それとも、咲口先輩の前でだけは猫をかぶっているパターンとか？

「どうしました？　眉美さん。そんなに見つめられていると、少しやりづらいですが。特に、あなたの目で」

「あ、すみません。大丈夫です。眼鏡をかけてますから、裸とか見えません」

「……そんな心配はしていませんけれど、じゃあ、やっぱり見えるんですね。眼鏡を外すと」

「違います違います、男子の裸を覗き見ようというほど、わたしは悪い奴じゃないです。どちらかと言うと、女子のスタイルの確認をしています」

「悪い奴じゃないですか。性格が」

バレたか。

いや、この目って、使い過ぎたら失明するという、歴戦のボクサーにも似たシリアスな問題を抱えているので、あんまり茶化《ちゃか》してもいられないのだけれど。

一度も悪用したことがないって言ったら嘘になるけどね！

まあ、どんな目でだろうと、見られながらだと仕事をしにくいという、できる男の人間らしい部分を見せてもらったところで、わたしは視線を外して、そのまま思考を続ける――勢いで『悪女』とまで表現してしまったけれど、不良くんが言っていた通り、有力な容疑者であることは確かだとしても、彼女が今回の事件の犯人とは限らないし、生足くんが言っていた通り、彼女が廊下を歩いていたと言うだけで、既に犯人かどうかはどうでもいい別の事件になっているわけだが（現にわたしという被害者が生じている）、しかし、ずれてしまった焦点を元に戻してみると、もしも川池湖滝ちゃんが美術室に押絵羽子板を持ち込んだ犯人だったとしても、その行為の奇妙さに、特に説明がつくわけではない。

誰がやったとしても、その行為は不可思議だ――みんな（わたしを含めて、みんな）、彼女に思い当たった段階で、その点についての検討をやめてしまったきらいがあるけれど、冷静になってみると、実のところ容疑者が一名増えたと言うだけで、状況は特に変わっていない。

リーダーが探偵活動を、いったん猶予《ゆうよ》するという判断をしたのだから、勝手にわたしが、単身推理を続けるわけにもいかないが――何度考えても意外なことに、美少年探偵団は、集団行動が基本なのだ――わたしとは違う種類の『悪さ』を持つと思われる川池湖滝ちゃんの性格と、羽子板を美術室に持ち込むという『悪さ』は、いまいちそぐわない気がする。

犯行と言うより奇行なのだ。

美術室が荒らされていたというのならまだしも——それに、彼女が犯人なのだとすると、どうしても説明のつかない点がひとつあることに、さすがに気付かないわけにはいかない。

咲口先輩なら、その点に説明をつけてくれるのだろうか……。

「お待たせしました、眉美さん。それで？　何がありました？　ミチルくんが新メニューの制作に挑戦でもしたのでしょうか」

几帳面《きちょうめん》に後片付けまで終えてから、咲口先輩は立ち上がった——本気で言っているわけではないだろうが、そんな素敵な可能性を想定したあとに、悪魔の話をするのは心苦しいものがあった——やむを得ない。

わたしは現状を、順を追って説明した。

説明しようとすると、すればするほど、わけがわからなくなる感じだったが（本当に、いったい何が起きているんだ？）、そこはさすが、美少年探偵団きっての知性派、美声のナガヒロこと咲口先輩は、話し上手であると同時に聞き上手だった。

いや、場所が生徒会室であることを思うと、なんだか一般生徒からの陳情を聞く有能な生徒会長として、聞き役に徹してくれている風にも見える——なので、変な緊張をしてしまう。

そうなのだ。

美少年探偵団というグループをいったん外れてしまうと、不良くんよりも生足くんよりも、誰よりも生徒会長と接点がないのは、わたしなのだった。

小学一年生の婚約者がいるロリコンだという一点だけで、なんとかこの先輩を見下していたけれど、それもどうやら、怪しくなってきた風だし……、ニックネームをつけるなんて無理な相談だし、とてもタメ口なんてきけませんよ、不良くん。

だいたい、咲口先輩のほうがですます調で通しているという問題点もある——一方的に、わたしがただの失礼な後輩に見えてしまいかねない。わたしは失礼な後輩だが、失礼な後輩であることを売りにしていこうというつもりはないのだ。

「……なるほど。そういうことでしたか」

聞き終えて、咲口先輩は、静かにそう頷いた。

あれ？　意外と反応が薄い。

美術室で、座敷童の話をしたときの一同は、もっと露骨にテンションが下がっていたけれど（双頭院くんでさえも！）、咲口先輩は、ローテンションになったというよりは、想定内の事態に冷静に対処しているという風だった。取り乱すところがどうしても見たかったわけではないけれど、こうも手応《てごた》えがなかったとなると、自分の話術に自信がなくなってしまう。

「私の婚約者がご迷惑をおかけしましたね、眉美さん。親が勝手に決めた婚約者とは言え、もっとちゃんとした形で紹介できればよかったのですが」

「はあ……」

できればどんな形でも、あんな子供を紹介して欲しくはなかった。

「ご安心ください。いろいろ、心ないことを言われたとは思いますが、彼女はちゃんと意味や問題や根深さを知った上でそれらの言葉を使っているわけではないのです。分別のない子供が強めのワードを面白がって舌に乗せて、周りが動揺するのを楽しんでいるだけ――でもないのですが」

「？　どういう性格なんですか？　それは」

「追い追い説明しましょう。先に言ってしまいますと、その犯行は、間違いなく湖滝さんによってなされたものでしょう――その意図も、概《おおむ》ね説明がつくと思われます」

マジか。

婚約者のことは、婚約者として知り尽くしているのだろうか――だとすると、まさかの『優等生が悪女にはまっている』説が、現実味を帯びてくる。

そんなわたしの疑惑をよそに、

「とりあえず、美術室に向かいましょうか？」

と、咲口先輩は提案した――確かに、わたしだけが、あの羽子板の説明を受けるわけにもいかない。

これが不良くんや生足くんや天才児くんだったら、美術室に戻るタイミングをずらさなくちゃいけないだろうが、わたしと咲口先輩ならば、並んで向かったところで何の問題もない。

悲しいほどに何の問題もない。

あるいはわたしが普通に女子の制服を着ていたならば、うるわしの会長様と同伴していたあの娘は誰だというウォンテッドがかかってしまうかもしれないが、遠目に見れば、わたしは男子の制服を着た男の子である。

「あ、そうだ。咲口先輩」

と、廊下に出たところで、わたしは付け加えた――これはどちらかと言うと、喫緊《きっきん》の用ではないのだけれど、伝書鳩《でんしょばと》気取りのメッセンジャーとしては、思い出した以上、あえて伝えないと言うわけにはいくまい。

「今頃みんなは、冬期合宿についてのミーティングをしていると思います。咲口先輩は、生徒会の予定もあるとは思いますが……」

「いえ、冬休みに入ってしまえば、生徒会はほぼ休業ですよ。どちらかと言えば、ヒョータくんやソーサクくんのほうが忙しいでしょうね——しかし、彼らもどうにかすることでしょう。なにせ、合宿は悲願ですから。リベンジと言いますか」

「……夏に一度、グループで合宿をおこなおうとしたんですよね？　それが、その、百合花ちゃん（仮名）に、中止に追い込まれたとか……」

生徒会室を出たので、念のために声をひそめて、そして具体的な名前を出すのを控《ひか》えて、わたしは言った——咲口先輩も、多くは語らず、「ええ」と頷く。

「その一件に限らず、眉美さんが入団する以前に、いろいろあったのですよ——それでも、ひと段落ついたとばかり思っていたのですがね。ただし、この事態をまったく想定していなかったというわけではありません」

まるで『私にはこの事件の真相が最初からわかっていました』みたいなことを言い出す咲口先輩だったけれど、この場合は、あながち見栄《みえ》やはったりと言うわけではないだろう。

『容疑者』である川池湖滝ちゃんのパーソナリティを、婚約者として（親が勝手に決めた婚約者として）、把握していると言うのだから——だが、そんなわたしの浅はかな予想よりも、咲口先輩の危惧《きぐ》は、もうちょっと具体的だった。

「眉美さんの入団を受けて、またしても彼女が、なんらかの行動を起こすのではないかと、心配してはいたのです——なぜなら」

と。

咲口先輩は続けた。

「なぜなら彼女は——指輪学園初等部一年A組、川池湖滝さんは、美少年探偵団への入団を、リーダー直々に断られているのですから」

具体的な名前を出すに当たって、声を潜めて、耳元で囁かれたその情報は、わたしの頭の中に、うまくは入ってこなかった。

7　合唱コンクール

生徒会室で生徒会長として仕事をしている咲口先輩の姿を、若干誉め過ぎたきらいもあるので、ここでバランスをとっておくと、彼の語り、と言うか、彼の美声には、致命的な弱点がある。

弱点と言えば大袈裟だが、その癒される声では、どんな危なっかしい可能性を示唆《しさ》されても、心地よい誉め言葉でも聞かされたかのようで、認知的不協和を起こしてしまうということだ——とにかくうまく入ってこない。

メンバーの危機感のなさを危うんだわたしだけれど、川池湖滝ちゃんが、かつて美少年探偵団に入ろうとして、断られていたというその情報は、もっと真摯に受け取ってしかるべきだった。

わたしの入団を、拍子抜《ひょうしぬ》けするほどあっさり受け入れてくれた『来る者拒《こば》まず』の双頭院くんが、彼女の入団を拒絶したという事実の重要さは、特に、拍子抜けするほどあっさり入団を受け入れられたわたしにとっては、重要だった。

もちろん、七色の声を操る咲口先輩ならば、重要な情報を、重要な風に伝えることも容易だっただろうけれど、ありがたいことに、わざわざ脅すようなことはすべきではないと判断してくれたわけだ——おかげで、わたしは、座敷童と羽子板のことを、いったんおくことができた。

いったんおいて、個人的にはこの放課後の本題である、咲口先輩へのお願いごとを、美術室への帰り道の中、ようやく口にすることができた——そんなことをしている場合ではなかったのに。

「あ、あの……、咲口先輩。こんなことを突然言われたら、びっくりされるかもしれませんけれど……、でも、もう我慢できないんです。咲口先輩じゃないと駄目なんです。わたしの気持ちを聞いていただけますか……？」

あれ？

なんだか告白しようとしてるみたいになってる？

女性に優しい咲口先輩の顔が、ややこわばった？

「違います違います！　咲口先輩は確かに美形ですが、わたしの好みではまったくありません！」

「なんで私が振られたみたいになっているんですか」

優しい声で突っ込まれた。

ううむ、我ながら頼みごとをするのが下手過ぎる。

改める。

「咲口先輩に教えて欲しいことがあるんです。その、専門分野と言いますか……、声に関することなんです」

「声に」

「ほら、さっきまで咲口先輩が準備をしていらした、年末の合唱コンクールのことなんですけれど……」

合唱コンクール。

指輪学園の、年末恒例行事である。

まあ、どこの中学校でもおこなわれているだろう、中学生らしいイベントではあるけれど、指輪学園の場合、二学期の終業式と同時におこなわれるところが、やや毛色が違っている。

終業式合わせと言うよりも、クリスマスに合わせているわけだ——たぶん、昔は賛美歌を歌っていたのだろうが、今はそれぞれのクラスが、好きな合唱曲を選べるシステムになっている。

これまで美少年探偵団の話ばっかりしてきたけれど、基本的にはそれらは表に出せないエピソードばっかりで、わたしの日常の軸足は、きっちりと二年B組の教室に置かれている。

それをして表の顔と言うほど大したものではないにしても、美少年探偵団の活動が、瞳島眉美のすべてではないということだ——で、わたしが現在抱えている悩みは、その日常に属するものである。

「ほほう。ひょっとして、選曲でクラスメイトの皆さんと揉《も》めたのでしょうか？　だとしたら、受付はもう済ませてしまいましたので、力にはなれませんが」

おお、厳しい。

優しい声音なのでそう感じさせないが、厳しい。

生徒会長として携わる分野に関しては、いくら美少年探偵団のメンバーといえど、融通は利かせてもらえないらしい（たぶん、リーダーは例外だろうけれど、彼は咲口先輩の権限が及ばない初等部の生徒だ）。

ただ、わたしが咲口先輩にお願いしたいのは、クラスのみんなで歌う曲に不満があるから変更して欲しいというようなものではない――そもそも、多数決の際、自分の席にうつ伏せになってすやすや眠っていたわたしに、選曲についてつべこべ抜かす資格はない。

問題は、パート分けだった。

当然、混声合唱なので、男女にわかれて、女子はソプラノ・アルト、男子はテノール・バスを担当することになるのだが、そこで司会進行をしていた委員長と副委員長が、『瞳島をどうする？』という、問題提起をした。

余計なことをしてくれた。

もちろんわたしは女子のひとりとして、ソプラノかアルトを担当することになるとばかり思っていたのだが、『普段から男子の制服を着用している瞳島は、本当はテノールかバスを担当したいんじゃないか』と、気のいい彼らが気を回してくれたのである。

ちょっと待ってちょっと待って、わたし別に、男子の制服を着ているだけで、男子パートを歌いたいわけじゃぜんぜんないんだけれど、と、言いたいところだった。

言いたいところだったが、そもそもわたしがどうして男子の制服を着て通学しているのかを、クラスメイトや、担任の先生に、これまで一切説明して来なかったので、いざ、いきなりそんな局面が訪れてしまうと、上首尾に対応することができなかった。

まあ、こういう場合に備えて伏線を張りつつ、周囲の理解を得るためには、わたしの男装事情には、やや難題があった——どう説明するにしたって、美少年探偵団の存在（実在）について、触れざるを得ない。

「生徒会長の咲口先輩と、指輪財団の御曹司の指輪創作くんと、陸上部エースの足利飆太くんと、番長で実は料理が趣味の袋井満くんと、あと、初等部の五年生である双頭院学くんという、五人の美少年で構成されたチームに入団するために、わたしは美少年を装っているんです！」

言えるか。

あと、この言いかただと、不良くんの隠された趣味まで巻き添えで暴露してしまっているし——そんなわけで、どうしていいのかわからず逡巡しているうちに、あれよあれよと話は進んでしまい、わたしは最終的に、バスのパートを担当することになった。

低音中の低音を、どちらかと言えば、むしろ声が高いほうのわたしが、去年の合唱コンクールでは普通にソプラノを歌っていたわたしが、担当することになった。

ごりごりの男子達に混じって歌うことになった——なってしまった。

「というわけで、咲口先輩。声質の変えかたを教えてもらえませんか？　一曲、違和感なく歌えるくらいの低音を発せられるように」

「何が『というわけで』ですか」

聞き終えて、やれやれと言うように、肩をすくめる咲口先輩だった。

「委員長と副委員長にお願いして、ソプラノに戻してもらえばいいじゃないですか。なぜ、そこで努力をしようとするんです」

言外に『怠け者のあなたが』と言われているようだった——まあ、怠け者のわたしがである。

「人はそれぞれ与えられた環境の中で、精一杯努力するしかないんですよ、咲口先輩」

「いいこと言っている風ですけれど、それは流されているだけでしょう？」

手厳しい。

あえて言うなら、説明したり、理解してもらおうとしたりする努力のほうが、わたしにとっては難しいものだからというのが、咲口先輩の質問に対するきちんとした答になるのだけれど。

「ほら、喋っているうちに、団の存在をぽろっとこぼしちゃってもなんですし」

「それはその通りですが、しかし、どこかではっきり意思表明をしておかないと、そのうち、更衣室やトイレも、男子のものを使うことになるんじゃないですか?」

早いうちに己のスタンスを明示しておいたほうがよいでしょうねえと、咲口先輩は現実的なことを言った——お説ごもっともではあるが、今のわたしに大切なのは、まずは緊急の事態を乗り切ることだった。

クラスのみんなのがっかりする顔を見たくない! というのは嘘だけれど。

「困りましたねえ。私は確かに声色を使うのは得意ですが、それを人に教えるのが得意というわけではありませんから——なんだったら、彼に頼んだら如何《いかが》です? 声を変える秘密兵器を持っているかもしれませんよ」

ぬ。

彼というのは、髪飾中学校の生徒会長、札槻嘘くんのことだろう——この前、指輪学園の生徒会長をさしおいて、札槻くんにアドバイスを求めたことを、まさか咲口先輩は、未だに根に持っているのだろうか。

あのことならもう謝ったのに！

……いや、謝ってないや。

まあよかろう。どこもかしこも洗練された最上級生である咲口先輩にも、ジェラシーを感じるような可愛らしいところがあると大目に見てあげよう、美観のマユミだけに。

「いえいえ、札槻くんなんてまったくアテになりませんよ。咲口先輩以外に頼りになる人なんていません」

目的のためには手段を選ばない己のクズっぷりに嫌気が差しつつも、へいこらおもねってみると、咲口先輩は呆れたようにしつつも、

「まあいいでしょう」

と頷いた。

「湖滝さんの件で、眉美さんにはご迷惑をかけてしまったようですしね——騙《だま》し騙し歌えるくらいのテクニックは伝授しましょう。ただし、条件がひとつあります」

お。おお。お？

正論を言われたので、あ、これは断られる流れだなと覚悟していたところに、意外とすんなり、ボイストレーニングを承諾してもらえそうで、にわかに浮き足だったところに条件を出され、わたしはその波の荒さに、精神的につんのめりそうになった。

条件？

無条件と言ったのかな？

「なんでそんな都合良く聞き違えられるんですか。私は嚙んだことも聞き違えられたこともありませんよ」

さらっとすごいことを言っている。

どれだけ自分のイントネーションに自信があるのだろう。

「くっ……、わかりました。条件を呑《の》みます。咲口先輩の望みを叶《かな》えましょう」

「あからさまに苦渋の決断みたいに言いますね。なぜそのふてぶてしさを、教室で発揮できないのですか」

さあ。そんなことわたしに訊かれても。

ところで条件とはなんだろう？

人生が満たされに満たされまくっている生徒会長様のことだから、別にわたしごときに、引き替えに出さなければならない交換条件があるとも思えないが、きっと、ただでお願いごとをきいたらわたしのためにならないという配慮をしてくれたのだろう。

ならばそんな大変な条件が出されることはなかろうと、苦渋の決断みたいに頷いたのだけれど……、なんだろう、『ニックネームで呼んで欲しい』とかかな？　その件については、確かに、咲口先輩のほうから言い出してもらえると大いに助かる……、わたしとしては願ったり叶ったりという他ないのだが。

こんな思い通りになることがわたしの人生にあっていいんだろうかとときめいたが、もちろん、こんな思い通りになることは、わたしの人生には、あってはならなかった。

わたしがしたのは決断ではなく油断だった。

美声のナガヒロが、ボイトレと引き替えにわたしに提示した条件は、次のようなものだった。

「眉美さん。これも何かの縁ですから、湖滝さんのお友達になってあげてもらえませんか？　あの子、友達がいないんですよ」

はい？

友達ならわたしもいませんけど？

8　六名全員集合

咲口先輩の中でいったい何がどう繋がって、わたしと座敷童の間に友情が成立すると思ったのかは定かではないが（もしも、性格が悪い者同士の間には友情が成立しやすいとでも思ったのなら、それは優秀な生徒会長にはあるまじき軽率な判断ミスだと言える——性格の悪い者は性格のいい人間としか友達になれない)、しかし、それを問いただす前に、わたしと咲口先輩は、美術室に到着してしまった。

「では、細かいことは、あとであなたの携帯、つまり私の携帯に連絡しますね」

と、咲口先輩は話を打ち切って(打ち切りかたでプレッシャーをかけてくるあたり、札槻くんのことを、本当に根に持っているのかもしれない)、美術室に這入った——ほんの数十分留守にしていただけなのに、テーブルの上には晩餐《ばんさん》が用意されていた。

シェフ不良による、まめまめしい仕事である。

やれやれ、これでまた、両親への言い訳が必要になるなと、食べる気満々でわたしは一同のほうへと向かったけれど、咲口先輩は逆方向、つまり、鎮座《ちんざ》する羽子板のほうへと向かっていた。

事前にネタバレしてしまっていたので、残念ながら、クールな会長様がひっくり返って驚くリアクションは見られなかったが(ネタバレしてなくてもどうせ見られなかっただろう)、しげしげと、羽子板に張り付けられたモンスターと睨み合うその様子は、それはそれで、見応えのあるものだった。

「どう? ナガヒロ。もとい、ナガヒロリコン。それ、湖滝ちゃんの作品だと思う?」

疲労から回復したのか、驚いたわけではない通常姿勢として、ソファでひっくり返っている生足くんが、咲口先輩にそんな風に声をかけた。

「もといの前後が逆ですよ、ヒョータくん」

「あ、ごめんごめん。どう？　ナガヒロリコン。もとい、ナガヒロ」

逆にしたところで大して意味は違わないと思ったが、咲口先輩は、「ええ」と頷いた。

「ほぼ間違いないでしょうね。相変わらず、何を作ろうとしたのかはさっぱりわかりませんが——己の心象風景なんですかね、このモンスターは？」

婚約者に対して結構なことを言いながら、咲口先輩は食卓に着く。

「どうもリーダー、遅くなりました。私事でご迷惑をおかけして、申し訳ありません」

「なあに、構わないさ。僕達の間に、私事などない。この火急の事態には、みんなで対応しようではないか」

双頭院くんが鷹揚《おうよう》なことをいうのはいつものことだったが（それがわかっていたのだから、私も合唱コンクールのことを、リーダーに相談すればよかった——そうすれば、咲口先輩から理不尽な条件を出されることはなかったかもしれない）、それでも、これが美少年探偵団にとって、火急の事態なのだということを、再認識させられる台詞だった。

殺人事件だったり誘拐事件だったりの、いわゆる凶悪な刑事犯罪ではない謎を取り扱うミステリーのジャンルを『日常の謎』と呼ぶわけだが、巨大な羽子板というのは、日常側のようでいて、確実に非日常の部類だろう——咲口先輩の保証も、必ずしも絶対ではないのだろうけれど、小学一年生の女の子がこれを作ったとするのなら、それは（それだけは）、評価していいことのように思えた。

天才児くんの創作活動を、普段から当たり前に見る機会が増えてしまったから、目が肥えたと言うか、その辺りの感覚がすっかりぼやけてしまっているわたしだけれど、『なんだこの恐《こわ》い物体は』とか『どういうつもりだ、この奇妙な羽子板は』とか、そんな批評をするのなら、お前がこれを作ってみろと言われたら、完全にお手上げである。

テレビを作ってみろと言われているのと大差ないくらい、どう手を付けていいのかわからない——だけど。

だからこそ、ほのかに抱く疑問もある……。

「どうした？　眉美。冷める前に食えよ」

「あ、はい。いただきます」

不良くんに言われて、わたしは食事に手をつける——本日のメニューは天麩羅《てんぷら》だった。ほんの数ヵ月前までは、学校で天麩羅を食べる機会があるなんて、思いもしなかった——ひょっとすると不良くんは、羽子板の発する和の雰囲気に引っ張られて、メニューを変更したのかもしれない。

それくらい影響力のある作品だった。

と、そこでわたしは思い当たる。

いや、それは決して、わたしの持っている疑問を、すっきり解決してくれる着想ではないのだが――

「ひょっとして、百合花ちゃん（仮名）……、じゃなくって、湖滝ちゃんは、美少年探偵団に入れて欲しくて、言うなら履歴書代わりに、この羽子板を置いていったってことなの？」

作品の意図自体も理解しがたいものなのだが、犯人はどうしてそれを美術室に置いていったのかというのも、同じくらい不思議だと思っていた――だが、もしも犯人が、美少年探偵団に、かつて入団したがっていたということを考慮に入れると、そんな解答を導き出すことも、あるいはできるのかもしれない。

一種の売り込みと言うか……。

「それは随分と優しいものの見方ですね、眉美さん」

咲口先輩はそんな風に、言外に否定の答を匂《にお》わせた――ついでに、『そんな優しいものの見方ができるあなただからこそ、彼女の友人に相応しい』という香りも感じなくはなかったが、その件は、まだ承諾したわけではない。

わたしには友達はいないけれども、友達ならば誰でもいいと思っているわけではない——向こうがたぶん、おんなじことを言うっての。

探偵活動において札槻くんを頼ったことが、そんなにお気に召さなかったのだろうか。

やれやれ、人の恨みを買ったら復讐《ふくしゅう》されることがあるなんて、思ったこともなかった。

「ボクも、それはないと思うなー。ロリコンと意見が合うのは癪《しゃく》だけれど、あれだけの決裂をしたあとじゃあ、もうあの子は、美少年探偵団に入りたいなんて思ってないでしょ……、宣戦布告だって言うなら、納得できるけどね」

宣戦布告。

決闘を申し込むときに手袋を投げつけるように、宣戦布告するときには、相手の活動拠点に巨大な羽子板を送りつける風習が、どこかにあるのだろうか——えっと。

じゃなくって、羽子板を送るって言うのは、確か……。

「まあ、どういう意図を持って、私達の留守中に、こんなものを置いていったにしても、残念ながら無視はできないでしょうね。あんな巨大なものを置かれては対処せざるを得ません」

やはり副団長として、司会進行が板についているというのか、咲口先輩がてきぱきと、今後についての展望を述べ始めた。

展望のなさとも言えるが。

「不審物であっても危険物でないことは、眉美さんが保証してくれたのですよね？　でしたら、そう簡単に処分できる大きさでもありませんし、一晩、このままここに放置しましょう——まあ、本人に持って帰らせるのが一番だと思います。当然の対処で、リーダーの好みではないとは存じますけれど、本人に罪を認めさせた上で、責任を取らせるというのが適切でしょう」

「あのじゃじゃ悪魔が素直に言うことを聞くとは思わねえけどな」

と、不良くん。

『じゃじゃ悪魔』というのは、『じゃじゃ馬』と『悪魔』を合体させた造語なのだろう——語呂《ごろ》は悪いが、言い得て妙だ。

「大丈夫です、ミチルくん。その点については、妙案があります」

咲口先輩は、そう請け合った。

その妙案とやらに、どうもわたしが絡んでいる気がしてならない——あの子と友達になってあげて欲しいというのは、悪魔のターゲットを、組織から個人に逸らそうという策略ではなかろうか？

だとしたらたまったものではないと、わたしはもくもくと食事をしている天才児くんのほうに、ヘルプのアイコンタクトを送った。

もちろん無視された。

助けを求める相手を間違えた！

「そうだな。その交渉は、ナガヒロにやってもらうしかないだろうな――お前の美声が通じない、数少ない相手を連れ出してもらわねばならないわけだが、一任しよう」

と、双頭院くんは咲口先輩に言って、それから、他のメンバーを順繰りに見、「その代わりと言ってはなんだが」と続けた。

「僕達は、別のことを考えようではないか。奇《く》しくもナガヒロがさっき言った通り、処分するのも簡単じゃないような大きさの羽子板を、あの悪魔は、いったいどうやってこの美術室に持ち込んだのか――それがわからないと、今後、何をどのタイミングで持ち込まれるか、わかったものじゃないぞ。それこそ、不審物ならぬ危険物であろうとも」

9 不可能犯罪（性）

妖怪と目されていようと悪魔と称されていようと、なんにしても身内――とは言えないにしても、知己の犯行である線が強いとなった時点で、美少年探偵団存続の危機というようなニュアンスは、事件から薄れたように感じてもいた。

なぜなら、もしも川池湖滝ちゃんが犯人だったとするなら、かつて美少年探偵団に嵐《あらし》を持ち込んだという『前科』からして、美少年探偵団が美術室を事務所として使用しているのを知っていることに、なんら疑問はないからだ——まあ、それはそれで問題であるとも言えるけれど、少なくとも、新しく第三者に、美少年探偵団の実在が露見したわけではない。

なので、そう言った意味では、リスクが減殺されたような錯覚もあったけれど、しかし双頭院くんの言う通りだった——危険人物が危険物を、自在に持ち込める環境と言うのは、決して、安全が保障された環境とは言えない。

解団の危機ではなくとも、破団の危機になる。

ただ、意外だった。

双頭院くんが、『もしも百合花ちゃん（仮名）が犯人だとするなら、どうやって羽子板を美術室に持ち込んだのか』という謎に、気付いていたというのは意外だった——わたしもほぼ同じような疑念を抱いてはいたのだが、なまじ、彼女を容疑者として報告した（チクった）のがわたしだっただけに、言い出しづらかったのだが……、それに、悪魔の存在が表沙汰《おもてざた》になった時点で、そういった細かい手順みたいなものは、どうでもよくなった感もあったのだけれど。

「ふっ。どうでもよくなってなんていないさ――なぜなら、この疑問は、美少年探偵団の団則、その3に直結する」

美少年探偵団の団則、その3。

探偵であること――か。

まあ、『そんな矛盾なんて大して重要じゃない』と割り切る態度が、『探偵らしい』とは（この場合、想定される『探偵らしい』とは）言えまい。

ただ、途中、冬期合宿のほうに興味が移っていたリーダーだったはずなのだけれど……？ ああ、違うか、あの時点では、謎はなかったのだ。

動機はわからなくても（その動機がたとえ美少年探偵団に害なすものであっても）、人間大の羽子板を（それがどんな羽子板であっても）、美術室に持ち込むこと自体は、誰にでもできることだった――小学一年生の子供じゃない限り。

わたしが廊下で目撃した、座敷童さながらの体軀《たいく》の彼女では――本人よりも着ている着物のほうが重量がありそうな彼女では、あんな羽子板を美術室まで持ち運ぶことは、まず無理だ。

少なくとも、すぐにはその方法が推測できないほど、難易度が飛躍的に跳ね上がる。

はっきり言って、もしもわたしが先んじて、その点に気付いていたならば、廊下ですれ違った彼女のことを、容疑者としてあげなかったレベルのミステリーである。

「そうか？　そんな不思議でもねえと思うけど……、台車か何かを使ったんじゃねえの？」

「と、不良くんは、未だ危機感に欠けた、暢気なことを言った」

「ト書きを口に出すな。お前が俺をなめてることがバレる」

「台車は使えないよ。校舎内、階段だらけなんだから。よしんば、その点をなんとか解決したとしても、美術室に羽子板を運び込んだ以上、百合花ちゃん（仮名）は帰り道、その台車を持って帰らなくちゃいけないはずだもん——あの大きさの荷物を運ぼうとしたら、台車も相応の大きさになるはずでしょ？　まさかそんなものを、美術室や、そのそばに放置して帰るわけにはいかないもの。でも、わたしとすれ違うとき、座敷童は手ぶらだったの。どうだ！」

「なんで人の推理に駄目出しするとき、そんなにノリノリなんだよ。川池湖滝と、性格、ほとんど一緒じゃねえか」

やめて。

不良くんまでそんなことを言わないで。

咲口先輩が聞いているし。

「誰かに頼んで運んでもらった……、ってのは、ないんだよね」

と、生足くん。

後輩ではあるものの、生足くんのことはなめていないので（わずかに、なめたいと思っているくらいだ）、わたしは拝聴に徹する。

「可能性としてはありえても、悪魔の性格からして、人に頼むってのは無理だもん。それに、初等部の生徒が中等部の校舎に侵入するだけでもリスクを冒しているんだから、実行犯の人数を増やして、見つかりやすくしたいとは、心理的に思えないだろうし」

どちらかと言えば、羽子板のサイズを小さくすると言うような方向に、考えが進むんじゃないのかな――と、生足くんは、推理と言うよりも、プロファイリングみたいなことを言った。

悪魔ちゃんと面識がある立場ならではの予測という感じで、その確かさはわたしには判別しにくかったけれど、ただ、双頭院学という、やはり初等部の生徒が、中等部に出入りするリスクを、日々間近で体感している身としては、まあ、頷ける内容だった。

そうでなくっても、婚約者の咲口先輩が『友達がいない』と称する川池湖滝ちゃんに、このような『悪戯』に、協力者を募《つの》れるとは思いにくい……、『トゥエンティーズ』やチンピラ別嬪隊のような組織に依頼したというケースも、想定できなくはないけれども、とりあえずは、単独犯で考えるべきだろう。

「じゃあ、百合花ちゃん（仮名）は、犯人じゃないってことになるのかな？ 美術室のそばを歩いていたのは怪しいけれど、わたしもあの子が、持ち込むところを見たわけじゃないんだし……」

「いえ、犯人は彼女で間違いないでしょう」

咲口先輩はシビアに断言した。

「先程申し上げました通り、あの羽子板が、湖滝さんの作品であることは、まず間違いないのですから」

そうだった。

わたしは今、無理難題を突きつけられたことで、若干咲口先輩のことが嫌いになっているので、彼の意見をあまり重要視していなかったが、その証言がある以上、持ち込みの犯人自体は、川池湖滝ちゃんで、ほぼ決まりなのだ——だから、現在、向き合わなければならない謎は、大きくふたつ。
①どうして湖滝ちゃんは、そんなことをしたのか。

②どうやって湖滝ちゃんは、そんなことをしたのか。
「えーっと、ミステリー用語ではこういうの、なんて言うんだっけ……、はい、不良くん！」

「なんでお前が指名する立場なんだよ。困ったときに俺に振るのをやめろ」

「くっ……」

なめていることだけじゃなくて、アテにしていることもバレていた。これは結構恥ずかしい。

「ワイダニットと、ハウダニットですね」

咲口先輩が答えた。

答えるときは挙手をして欲しかったが、まあ、司会進行はわたしではなく咲口先輩なので、文句も言えない。

ちなみに『ワイダニット＝Why done it?』『ハウダニット＝How done it?』である
──ワイダニットのほうに関して言えば、咲口先輩が、ある程度予想がつくみたいなことを言っていたので、そこはリーダーの言う通り、一任するとして……。

問題は②か。

「確かに、その点をきっちり詰めておかないと、悪魔が犯行を否認するかもしれないね」

悪魔が犯行を否認するという生足くんの言いかたも、だいぶん面白いけれど、しかし、笑いごとでもないのだろう。

冬休みの合宿を計画している最中となれば尚更《なおさら》だ――留守中、たやすく出入りされて、何を持ち込まれるかわからないというのでは、うかうか旅行になど出られない。

「そうね、その場合、誰かひとり、留守番を置いておく必要があるかしらね。相応しい人はいるかしら……、そう、たとえばみんなのために無私になれるわたしみたいに……、あ、わたしがいるじゃない！」

「はっはっは、安心したまえ、眉美くん。僕達はきみをひとり残していくようなことはしない！　ちゃんとこの件にケリをつけてから、共に旅立つとも！」

噛み合わないな。

まあ、よくよく考えてみたら、ひとり留守番をしているときに、百合花ちゃん（仮名）が美術室を訪ねてきても、わたしが対処ができるわけでもないか……。

「まとめると、意味不明な動機面についてはナガヒロが本人にアプローチして、悪魔が犯人だとするとおかしなことになっちまう方法面については、俺らが考えるってこったな？　まあ、ぱっと思いつくのは、完成品を持ち込んだんじゃなくって、材料を細かく、バラバラに持ち込んで、美術室の中で組み立てたってパターンだが……」

不良くんが第二案を出した。

かったるそうにしつつも、意外と推理合戦への参加を拒まない奴である――うん、まあ、台車を使ったと考えるよりは、ありそうにも思える。

以前、美少年探偵団の活動の中、それと似たような方法が用いられた事件に遭遇したこともある――ただ、不良くんが言ったということは、たぶん間違いなんだろうと、わたしはあら探しを始める。

不良くんが考えて、わたしが否定する。

啐啄《そったく》同時の餅《もち》つきのようなこのコンビネーション！

「お前が楽をし過ぎだろ。そのコンビネーション」

「えっとね、それは無理だよ、不良くん。張り付けられている不気味な人形のほうについては、まあ、それができると思うけれど、問題は、人間大の羽子板のほう――あれって、一枚板だもの。そう、お寿司《すし》屋さんのカウンターのごとく！　そんなお寿司屋さん、行ったことないけど！　下界の民で庶民の出の貧困層だから！」

おっと。

罵声を浴びた後遺症で自虐的になってしまった。

「お前が貧しいのは精神で、それによって困ってる層は、俺らだよ」

不良くんに猪口才《ちょこざい》な返しをされた。

自虐的になっても慰めてもらえないなんて、人間は調子に乗っているとこんな目に遭うのか……、これからは気をつけよう。

魂が貧しいと書いて、貧魂層なのかもしれない。

まあ、わたしの何が貧しいかは人生を通して解決していかなければならない壮大な問題だとして、不良くんの提示した第二案への指摘自体は、否定されたものではないはずだ——持ち込まれたのが、巨大な羽子板だという点が、ここでもネックになってくる。

それなりの分厚さを持つ、人間大の羽子板。

バラバラにして持ち込める類のものじゃない——厳密な意味での一枚板ではないのかもしれないけれど、少なくとも見た目はシームレスだ。あの大きさの板を子供が持ち運べるサイズに分割し、またつなぎ合わせて元に戻すというような加工が、専用の機材のない美術室内でできるとは思えない。

あの羽子板は、あの形で完成されているのだ。

子供にはとても運べないサイズで。

「そもそもあのサイズ、扉は通るの？　羽子板自体は人間大だから通るとしても、はみ出たモンスターの分が、結構怪しくない？　もしもあの形のまま、出し入れができないんだとしたら、少なくともモンスターは、美術室の中で張り付けたんだって類推できない？」

ここで生足くんが鋭いところを見せた。

逆立《さかだ》ちの姿勢で。

「あと、『重くて持ち運べないはず』って言うのも、今のところは予想だよね。重厚そうに見えるモンスターは張りぼてなんだろうし、羽子板に使われている木だって、案外、すっかすかの軽いものかもしれないよ？　華奢《きゃしゃ》なボクでも、あっさり持ち上げられたりして」

生足くんが『華奢』という点についてはまったく納得できないけれど（引き締まっているだけで、その全身は、基本筋肉の塊《かたまり》だ）、でもまあ、それはその通りだった。

大きさとその見た目から、勝手に重量を判断していたけれど、その重さを、実際にわたし達は確かめたわけではない。

だって触るの恐いし。モンスター恐いし。

制作者があの子だとわかった時点で、もっと恐くなったし――だけど、その可能性を明示された以上、調べないわけにはいかない。

羽子板を持ち上げて、ついでにあのままの形状で、扉を通るかどうかも確認してしまえば、一石二鳥である――問題は、誰がそれをするかだ。

あの不気味な羽子板に、誰が触るかだ。

本来は言い出しっぺの生足くんが担当すべき仕事だが、しかし、先述の通り筋肉質で、美少年探偵団の体力班である生足くんは、体力班であるがゆえに、この任務には不向きである。

むしろ、団の中で、もっとも体力のない人間が、やるべき仕事だろう。

「じゃあ、リー……、いえ、わたしがやります」

小学一年生の犯行を検証するのだから、男女の違いはあれど、一番年齢の近い双頭院くんがやるのが適当とジャッジしたわたしだったが、言い掛けただけでリーダー以外の四人からとんでもない視線で睨まれたので、一瞬で撤退した。

こわっ。

天才児くんまでわたしを睨むの？

リーダーが愛され過ぎだろ、この組織。

席を立ち、わたしは羽子板のほうに歩いていく——ある程度は慣れてきたと思っていたけれど、間近で見ると、やっぱりこのモンスターの迫力には、ブルってしまう。

危険がないことは、わたしがこの目で確認しているとは言え、目に見えない危険というものを想定せずにはいられない迫力だ——だが、リーダーを働かせようとしたという大罪を償うためにも、わたしはこれに触らなくてはならない。

まあ、リーダーじゃないなら、わたしの仕事だろう。

咲口先輩は中学三年生の男子、いくらなんでも初等部の一年女子と比べるべくもないし、不良くんは、体力班でこそなくとも暴力班……、じゃなくて、料理人として、相応の体力を持っている。強《し》いて言えば、わたしよりも年下の一年生である天才児くんは有資格者ではあるだろうけれど、日頃から芸術活動に身を窶《やつ》している彼は、わたしよりは鍛《きた》えられているだろう。

ええい、またわたしにしかできない仕事か。

ほんっと、みんな、わたしがいなきゃ何にもできないんだから！

誰がどう考えても無理のあるぼやきかたをしながら、わたしは羽子板に、『ままよっ』と手をかけた——びくともしねえ。

いや、びくともしないは大袈裟だけど、もう触った段階で『あ、これ無理』って思えてしまうくらい、どっしり来る。

中二にして腰を痛める予感がする。

しかも、羽子板には入念にヤスリがかけられているようで、すべすべである——生足くんの生足を連想させるくらいすべすべで、下手に動かしたら、倒してしまいかねない危うさもあった。

壁やら椅子やらを支点として利用して、梃子《てこ》の原理を使えば、まあ動かすことくらいはできそうだけれど、運搬は、短距離であっても勘弁願いたい——こんなものを、扉まで持って行くというのは、地獄の拷問だ。

四苦八苦しているうちに、モンスターと抱き合う姿勢になってしまったのも、極めて不快である。

「誰か助けて！　こんなの、わたしには無理！」

「ヒロインぶるな」

ぴしゃりと言われたが、それでも見かねた不良くんが来てくれた——ありがたいけど、ふたりでも無理なんじゃないのかな？

そう思ったけれど、不良くんは立ち上がろうとする咲口先輩や生足くんを制して、羽子板の頭のほうに手をかけた。

わたしはバランスを取るように、下部に手を添える——おっと、動いた！

壁に立てかけられていた羽子板が、あっと言う間に水平になった——モンスターを上にする形で。

ふたりで抱えていると言うより、わたしが羽子板の取っ手の部分を、不良くんが長方形の部分を、それぞれ担当しているという形だ。

すごいな不良くん！　背負う形にすれば、ひとりでも持てるんじゃ？

「さっすが男の子。頼りになるねえ！」

「ヒロインの座を諦《あきら》めて、姉御的なポジションに収まろうとするな。今のお前は、誰がどう見ても美少年なんだって」

おら運ぶぞと、乱暴に言われる。

男を誉められて実は嬉しいから、照れ隠しに乱暴に振る舞ったのだと解釈してあげて、わたしは従った——ほとんど重さを感じないところを見ると、不良くんが水平から、やや角度をつけて、取っ手の重さも担当してくれているのかもしれない。

その紳士ぶりに感服しているうちに、扉に到着——上に向けたままでは、扉をくぐらせるのは難しそうだったが、横向き（つまり、鉛直線の方向）にしてみると、割とすんなり通った。

引き戸をレールから外すような細工も必要なかった——つまり、持ち上げることさえできれば、この羽子板を持ち込むことも、不可能ではないということだ。

二人がかりや三人がかりで余裕ってことになるんだけれど……、うーん。

「いっぺん、テーブルに載せて検分してみるか。おい、食べ終わったんなら、その辺の皿とか、いっぺん片してくれ」

不良くんがそう言って、それに応えて、みんながテーブルを綺麗にする――と言っても、食器類を他の場所に移すだけだけれど。

リーダーが布巾《ふきん》で軽く拭《ふ》いたところに（リーダーは働かないわけではないのだ。むしろ意外とよく働く）、室内に戻ったわたし達が、羽子板を倒して置いた。気持ち的には、モンスターを下にして置きたいところだったが、さすがにそういうわけにはいかなかった。

……なんか、テーブルに横たえられた形のモンスターをみんなで囲むと、これは検分というより、検死という感じだけど。ぴったりテーブルに収まるサイズで、様になっている。

一回そういう目で見てしまうと、このモンスター、悲痛な叫びをあげているようにも見えるし……、ただ、そんなモンスターに対し、生足くんは「一度、バラバラに分解してみるというのはどうだろう」と、容赦なかった。

「え、でも、このままの形でも持ち込めることはわかったんだから……」

「だけど、分解したら何かわかるかもしれないじゃない」

何らかの目論見《もくろみ》があるわけではなく、ただの物は試しと言うか、行き当たりばったりの案らしい。

……ただまあ、ないじゃないのか。

何がヒントになるかわからないのだし、たとえば、使われている材料の痕跡《こんせき》などから、運搬法を特定できるかもしれないと思うと、分解も決して無駄ではない。

と、しかしそのとき、わたしの肩にぽんと手が置かれ、振り向くと天才児くんが、無言のまま首を振っていた。

芸術家として、他者の作品の破壊は見過ごせないらしい――いや、だったらわたしじゃなくて、生足くんに伝えて？

誰が一番喜び勇んで壊しそうな奴なのよ。

「ふむ。だとすると、今日のディスカッションはこんなところかな。ナガヒロに直接、川池湖滝くんを尋問してもらって、それであっさり犯行の方法を自白してくれるという線もあるだろうしね」

双頭院くんが黒板の横のグランドファーザークロックを確認して、切り上げるようにそう言ったけれど、どうだろう、さすがにその可能性の提示は、気休めにしか聞こえなかった。

「あまり長引かせたい問題でもないし、明日は、早朝に集合しよう。ナガヒロ以外のメンバーは、各人、美しい推理を持ち寄ること――川池湖滝くんは、いかにしてこの部屋に、巨大な羽子板を持ち込んだのか。ああ、それから、合宿の行き先の希望も、しかと考えておいてくれたまえ。本日は、これにて解散！」

10　悪魔との再会

流れからすると、ここでわたしが自宅の自室で、リーダーから出されたふたつの宿題に対して頭をひねってうんうん唸《うな》っているシーンが挿入されるはずなのだが、残念ながらどちらの宿題に対しても特に時間と労力を割《さ》かなかったので（疲れて寝てしまった。ほら、羽子板を持ち上げようとしたりしたから）、特に間も溜《た》めもなく、場面は翌日の早朝となる。

前回と同じ轍《てつ》を踏むつもりか、お前は懲《こ》りるということを知らないのかと、自分でも激しく思うけれど、札槻くんに電話してアドバイスを求めていないだけ、成長していると言えよう。まあ、あの遊び人には、こちらから連絡を取る手段がないという事情もそこには密接に関係しているのだけれど。

ただし、翌朝に登校したわたしがまず向かうのは、美術室ではなくて音楽室である――

お忙しくていらっしゃる生徒会長様が、わたしごときの声楽レッスンのためにおそれ多くも時間を作ってくださったのだが、その時間というのが、早朝よりも更に早朝の時間帯なのだった。

わたしと咲口先輩は、先に音楽室で合流して、それから美術室に向かうという段取りなのである——かなりの早起きをすることになるので、それで羽子板に対する推理を放棄したというのもある。

メンバーの中でただひとり、推理しなくていい権利を与えられた咲口先輩はいい気なものだと毒づきたくもなったが、教えを乞う立場なので、文句も言えない。

眠い目をこすりながら、わたしは校舎の廊下をふらふらと歩く——ちなみに、音楽室もまた、美術室同様、現在は使用されていない。

指輪学園の方針は、一貫して芸術活動の否定なのだ。

そんな中、合唱コンクールが恒例行事として連綿と受け継がれている辺り、『伝統』の強さを思い知る感じだ（参考までに、合唱コンクールの練習は通常、教室でおこなわれる。音が隣のクラスと、超混じる）。

いっそ合唱コンクールも中止になってくれれば、こんな苦労をしなくてもいいのにと思いながら、わたしが猫背でとぼとぼと歩を進めていると、

「醜《みにく》い姿勢だなあ、端《はし》た女《め》」

と、背後から声をかけられた。

端た女？

なにその、声に出して読みたくない日本語⁉

振り向くまでもなく、発表当時の文化や時代背景を重んじる書籍でしか目にすることがないようなそんな言葉を放ってきたのが、誰なのかはわかり切っていたが（もっと言えば、『悪魔との再会』という章題から予想はついていたが）、わたしは猫背（醜い姿勢）をしゃっきり伸ばして後ろを見ると、やはりそこにいたのは、昨日の放課後すれ違った座敷童だった。

否、今日は座敷童じゃない。

着物ではなく、指輪学園の制服を着用している——靴も下駄ではなく、スクールシューズだ（足音もなく背後に近付くには、そっちのほうが都合がよかっただろう）。髪型はぱっつんに切りそろえられたおかっぱのままだけれど、しかし、それだけでも随分、印象は違った。

最初からその姿で現れてくれていたら、妖怪と勘違いなんてしなかっただろうに……、いや、その後、罵声を浴びていたら、結局同じかな。

いずれにしても、昨日とは状況が違う。

相手が川池湖滝という名前（戸籍）を持つ、人間であることはわかっている――そして小学一年生で、わたしよりも遥《はる》かに年下であることもわかっている！

どうして今日もまた中等部の校舎にいるのかわからないし、いきなり声をかけられたのでビビってしまったけれど、女子供には強気に出るぞ！

身長差を利用して！

「うふふ、駄目だよ、お嬢ちゃん。そんな汚い言葉を使ったりしたら。言葉狩りにあっちゃうぞ♪」

「うっせえ。てめえも妾のこと、座敷童とか妖怪とか言ってくれたらしいな」

ぐうの音も出ない反論だった。

ぐう（出してみた）。

なぜバレたのだろう、座敷童じゃなくてサトリの妖怪なのだろうかと、重ね重ね失礼なことを思ってみたわたしだったけれど、これはすぐに答の出る謎だった――昨夜、咲口先輩から話が伝わったのだ。

ならば、この子が今、こんな時間に中等部の校舎にいるのは、わたしと同じように、咲口先輩に呼び出されてのことなのだろうか？

まさかあの生徒会長、予告なしにわたしと湖滝ちゃんをバッティングさせて、友情を育《はぐく》ませようという算段じゃあるまいな？

言っておくけど、端た女と呼ばれたところから始まる友情なんて、どんな時代のどんな世界観にもあるはずがないよ？

「ああ？　どうした日陰《ひかげ》暮らし。じろじろ見やがって、何か言いたいことでもあんのかよ？」

「言いたいことって言うか……」

このまま、百合花ちゃん（仮名）の、お聞き苦しい言葉のヴァリエーションをいつまでも聞いていたい気持ちもあったけれど、それを続けていて、この本が出版されなくなっても困るので、わたしは彼女との対話を試みることにした。

表現の自由はわたしが守る！

まあ厳密には自主規制を施そうとしているわけで、結果的に守ろうとすることで表現の自由を手ずから狭めているわけだが、そこは人間社会の玄妙さだ。

「あの羽子板、格好いいよね。湖滝ちゃんが作ったの？　どうやって作ったのか、ついでにどうやって運んだのか、教えてくれる？」

「羽子板？　はあ？　知らねーな」

ちっ。

初手から搦《から》め手《て》を使ってみたが、引っかからなかった——と言うことは、翻《ひるがえ》って、昨夜、咲口先輩に問いつめられても、この子は己の罪状を白状しなかったと言うことでもある。

ううむ。一筋縄ではいかない。

しかし、だとするとこの子は、咲口先輩に呼び出されて、ここに来たというわけではないのだろうか？　わたしとの『お見合い』は、あくまでも、不気味な押絵羽子板の件の解決を前提としているはずだ。

なんとなく、廊下の前後に咲口先輩の姿を探したけれど、あの後光きらめく美しさは、少なくとも眼鏡をかけた私の視界の中には見当たらなかった。

「……百合花ちゃん（仮名）、ひとりで来たの？」

「なんだ、百合花ちゃん（仮名）って？」

それは聞いていなかったのか、百合花ちゃん（仮名）、じゃなくて、湖滝ちゃんは、怪訝そうな顔をした。

「あ、ほら、あなた、歩く姿、すごく綺麗だったから。歩く姿は百合の花って……」

「…………」

言い訳がましく喋るわたしを、彼女はくわっと、目を剝《む》いて見上げた——なにそれ、どういう感情の表現？

それが誉められて嬉しいと言う『照れ』や『デレ』の表現であるのならばこちらとしても至上の喜びなのだけれど、残念ながら判断ができない。

あと、『歩く姿は百合の花』のあとに、『放つ言葉は薔薇の棘』と付け加えた身としては、額面通りに鵜呑みにされても挨拶に困る。

実際のところ、彼女の中でどのような論法がいかに働いたのかは不明のままだったが、

「……よし。醜い姿勢と言ったのだけは、取り消してやる」

と、ようやく瞬きをした。

あれだけ放った棘を、一本くらい引いてくれたところで、今更どうとも思わなかったが、とりあえず、会話は成立している。

しているのか？

しているとして、上っ面の会話だ。

結局、わたしが訊きたかった答は聞けていないわけだし——待て待て、そもそも、声をかけてきたのは、湖滝ちゃんのほうだ。『何か言いたいことでもあんのかよ？』は、本来、こっちの台詞である——この子のほうこそ、わたしに用があったのでは？

「はあ？　用なんかねえよ。思い上がるな、あばずれ。ちょっとその面《つら》を見に来てやっただけだ」

すごみながら、湖滝ちゃんは言った——いつの間にか、距離が更に近くなっている。なにぶん足音がないので、距離を詰められても、ぜんぜん気付けない——これ、知らないうちに音もなく刺されたりするんじゃないよね？

面って。

「昨日すれ違ったときには、お前が美少年探偵団の新入りだとは、気付けなかったもんでな——エキセントリックな女学生にしか見えなかった」

その見方自体は間違ってないけれど、そうか、あの時点では湖滝ちゃんは、まさかわたしが団のニューフェイスだとは、思ってないわけか——それが、咲口先輩から、情報として伝わったんだ。

何やってんの、あの人。

一方的に情報が伝わりまくってるじゃん。

美声のトーク力は、毒舌の前にはそこまで無効化されてしまうのだろうか。

「けっ。そんな風に男装してまで入りたい組織なのかね。整った美形どもに囲まれてちやほやされるのは、さぞかし気分がいいのかい？」

「羽子板なんていらねーから捨てろって、学に伝えとけ。死ね」

まるで『さようなら』『ごきげんよう』みたいに、別れの挨拶として『死ね』と言って、湖滝ちゃんはくるりと、いやひらりと、踵《きびす》を返《かえ》した——そのまま足音もなく、初等部の方向へと向かっていく。

「え……」

音楽室とは逆方向なので、思った通り、咲口先輩と共に来たわけではなかったようだ——それは嘘や誤魔化しではなく、彼女はまさしく、わたしの『面』を見に来たのだ。

自分が入団を拒否されたグループに。

その後、入団したわたしを見に来たのだ。

「………」

人の気持ちを、基本的には考えないわたしは、そういう視点で、湖滝ちゃんの気持ちを考えたことはなかった——わたしが『わたしはあっさり入れてもらえたのに、なんで湖滝ちゃんは入れてもらえなかったのだろう？（よっぽど性格が悪かったのだろうか）』と考えるのと、湖滝ちゃんが『なんで自分は断られたのに、あのエキセントリックな女学生は入れたんだ』と考えるのとでは、そのニュアンスはぜんぜん違ってくる。

そんな奴が猫背で歩いていて、その上でへらへら、自分の姿勢を誉めてきたら、刺したくもなるだろう。

しかも、どんな暴言よりも結構な、言葉のナイフで刺してきた。

『整った美形どもに囲まれてちやほやされるのは、さぞかし気分がいいのかい？』

んー。

やっぱりそう見える？

11 考察

誤解を恐れずに言えば、わたしは主人公の女の子が、カッコいい男の子達に囲まれててんやわんやみたいな少女漫画を読んで『ケッ！』と思うタイプの少女だった――ゆえに、今自分が、客観的に見てそういう状況にあるということについて、強い遺憾の意を表明せざるを得ない。

そのわたしが、現在、あの女の子達と同じ土俵に上がってしまっているだなんて……！

土俵とか言ってる時点で上がれていない気もするけれど、しかし、これも、逆ハーの事実を認めたくないわたしの自己弁護でしかないのだろう。

ただし、もしもわたしが今いる立場を知られたら、指輪学園中の女子生徒が、『ぐだぐだ文句を言うなら代われ』と言うだろうことは、想像に難くない――かつ、そうなっても、たぶんわたしは、誰にもこの立場を譲らないだろうことも、想像に難くない。

かたくなに難くない。

なので、百合花ちゃん（仮名）から、必ずしも逆恨《さかうら》みとは言えないやっかみをされても、それは甘んじて受けるしかない――そう言えば、双頭院くんは、『きみは悪魔に目をつけられた』と、そんな表現をしていた。

あれはそういう意味だったのか。

まったく、何も考えていないようでいて、人間の感情の機微には、いちいち鋭いところを見せる美少年である――しかし、それゆえに、疑問でもあった。

どうしてそこまで人心を察することができる我らがリーダーは、湖滝ちゃんの入団希望を断ったのだろう？

……まあ、そのリーダーは、合宿に行きたくない感を前面に押し出しているわたしの気持ちを完全に無視しているリーダーでもあるので、不思議じゃないと言えば不思議じゃないのか。

なんにしても、湖滝ちゃんには、もう美少年探偵団に入りたいという気持ちはないというのは、まあ、その通りなのだろうけれど、だからと言って、わたしの存在を看過できるかと言えば、そうは運ばないのが、人間の感情だろう。

小学一年生ともなれば、尚更だ。

思い起こしてみれば、わたしも小学一年生の頃は、悪魔みたいな子供だった（と、兄が言っていた）。

今後、わたしの自宅にモンスターの押絵羽子板が届くようになったらどうしようと思いつつ、しかし、いつまでも突っ立っているわけにはいかないので、わたしは音楽室に向かった——とりあえず、どうやらうまくことを運べなかったらしい咲口先輩に、八つ当たりをしよう。

少女漫画の主人公の女の子のように。

12 低音レッスン

少女漫画の主人公の女の子のようには行かなかった——音楽室に到着するや否や、先に待ち構えていた咲口先輩からのスパルタボイストレーニングの餌食《えじき》になった。

八つ当たりはともかく挨拶くらいさせろやと思ったが、まあ、待ち合わせの時間に対してわたしはやや遅刻気味だったし（悪魔のせいだ）、あとの予定が詰まっているので、咲口先輩も、副団長モードと言うよりは、生徒会長モードだったのだろう。

てきぱきと、わたしに音域を広げる（下げる）テクニックを叩き込んでくれた——そんなことを長々と記しても仕方ないので詳述は避けるが、喉《のど》と肺臓と腹筋を触られまくった。

最初に美少年に改造されたとき、美術班の天才児くんに全身をいじくり回されたけれど、そのときに、勝《まさ》るとも劣《おと》らない胴体のまさぐられっぷりだった。

理想の生徒会長に手取り足取り、音楽のレッスンを受けるだなんて、これもまた、多くの女子が望んでやまない立場なのだろうけれど、うん、これは譲っていい。誰にでもあげる。

美少年探偵団のメンバーとしてじゃなくて、クラスの一員としてやってることだしね。

「では、この訓練を、毎朝毎夜、三回ずつ繰り返してください。クリスマスまでには、目標の音域に限りなく近付くことでしょう——音域を高くするより低くするほうが簡単ですから、できると信じて、継続してください」

その見た目で男子の声色も使えるようになれば、あなたの『美少年』にもますます磨《みが》きがかかることでしょうしね——と、咲口先輩はレッスンを締めくくった。

まあ、そういう意味では、これもメンバーとしての活動だと言えなくもないのか——男子の制服を着て、声まで男の子になって、いよいよわたしは何を目指しているのか、よくわからなくなってきている。

ちょっと前まで、宇宙飛行士を目指していたんだよなあ。

これが人生か。

「念のために訊きますけど、まさか声、低くなったまま戻らないってことはないですよね？」

「無茶な発声を繰り返して、声帯を痛めつけたりしなければ大丈夫ですよ。万が一戻らなくなったら、今度はハスキーボイスにするレッスンを執り行いましょう」

ボイトレ講師の役にはまらないでください。

そんなことをしていたら、自分の声を忘れてしまう——そう言えば自分の声って、他の人が聞いている声と、全然違うらしいけれど。

「慣れればそれも一緒になりますよ？ 所詮《しょせん》、音声なんて、脳が聞きたいように聞いているだけなのですから。七色の声と称される私の声帯模写《もしゃ》も、機械的に分析すれば、まったく違う波形を描くでしょうしね——試したことはありませんが。あくまで私は、相手がこう聞いていると認識している声を、そっと差し出すだけです」

「はあ……、ちなみに、咲口先輩は、どれくらいの音域幅を持ってるんですか？ ピアノの物真似《ものまね》とかできます？」

「ピアノの物真似という発想は、かつて抱いたことはありませんけれども、下はウーハー並の重低音から、上はガラスを砕《くだ》く高音域まで、自在を自負していますよ。音域だけでは、何の自慢にもなりませんけれどね」

言いかたからすると、本当に自慢とは思っていないようだ——そんな控え目《ひかえめ》な姿勢だからわたしのような小娘になめられるのだと思う。

逆に、この人が自慢に思うような技能とは、どういうものなのだろう？　それが美声のナガヒロの真骨頂なのだとすれば、わたしはまだ、それを見せて——聞かせて——もらっていないと言うことになるけれど。

「では、そろそろ美術室に参りましょうか？　眉美さん。合唱コンクールもいいですけれど、リーダーから出された宿題は、ちゃんとやってきましたか？」

「もちろんです。今日の推理には自信がありますよ。だけどみんなから発表の機会を奪うのは本意ではないので、トリをつとめさせてもらおうと思っています」

「そうですか。まあ、誰かさんから答を聞いたと言うのでないのなら、好きにしてもらって構わないでしょう」

くっ。

釘《くぎ》の刺しかたがしつこいなあ。

平気な顔をして嘘をついたわたしに言わせてもらえれば、人間は信用してもらわないと、それに応えることもできないんだよ？

「咲口先輩のほうの首尾は如何でしたか？」

概ね予想はついているが、まだ、先程の再会が咲口先輩の差し金だった可能性も残っているので、わたしは探りを入れるように、まずはそう聞いてみた。

「ああ、そのことですか」

と、言われて思い出したように、咲口先輩。

なぜそんな小芝居を——これから美術室に行こうというタイミングで、忘れているわけがないだろうに。

「そうですね。いいニュースも、悪いニュースも、ありません」

「ないんですか」

せめてどちらかはあれよ。

それは進展がないということじゃないか。

「自宅を訪ねてみたのですが、残念ながら本人と、直接会うことはできませんでした——なので、まずは電話で話したところ、埒《らち》が明かず。向こうは小学一年生ですからね、長電話にも限度がありまして、最終的にはメールでのやりとりになりましたが、夜の十時には、音信不通になりました」

あれくらいリアリティを無視したキャラクター性を持つ小学一年生でも、おねむの時間は現実的らしい。

でも、直接会うことはできませんでしたって。

「……わたし、さっきそこで会ったんですけれど」

もうちょっと伏せたまま、咲口先輩の話を聞きたいところだったけれど、その不甲斐《ふがい》なさに、思わず言ってしまった。

ただ、それでも、咲口先輩にとっては遅かったようで、

「え？　どうしてそれを早く言わないのです？」

と、責めるように見られてしまった。

わたしを責めるなんて！

……そりゃ責めるか。

でも、スケジュール通りにシステマティックな流れ作業でわたしにスパルタ教育を施した咲口先輩にも、責任の一端はあると思う——ただ、ここで責任の押しつけ合いをするつもりはない（なぜなら、わたしの責任のほうが大きいから）。

「咲口先輩。ちょっとわたし、わからなくなってしまったんですけれど……、いったいあの子、どういう子なんですか？　あの子と美少年探偵団の間に、この夏、いったい何があったんですか？　できれば美術室に行く前に、それを教えてもらえると助かるんですけれど……」

わたしがグループに入る以前の出来事だから、わたしの把握していない事情があるのは当然だし、正直、昔のことをあれこれ詮索《せんさく》するのもあんまり上品じゃないかと遠慮していたけれど、湖滝ちゃんの目から見ればわたしもまた当事者であることを思うと、知らんぷりもしていられない。

わたしの身を守るためにも、わたしは知らなければならない。

あるいは——美少年探偵団を守るためにも。

「……ふむ」

と、咲口先輩は、音楽室を出ようとする足を止めた。

話をするなら、防音の効いたこの音楽室のほうが相応しいと思ったのだろうか。

「確かに、眉美さんには昨日から、疎外感を与えていたかもしれませんね」

あー……、それはちょっと違うんだけど、まあそれでいいや。乗っかっちゃえ。

「はい！　わたしも美少年探偵団のメンバーです！」

「ええ。それに、眉美さんには湖滝さんの初めての友人になっていただくのですから、黙っておくというわけには行かないでしょう」

悪魔の初めての友人⁉

そんな重責を、こんな三十分足らずの、こうも屈辱的なレッスンで⁉

焦りを隠しきれなかったが、そんなわたしを置き去りに、咲口先輩は、

「東西東西」

と、語り始めた――いい声で。

13　悪魔の降誕（祭、は横溝正史先生の作品）

「さて、何から話したものでしょう。

「何から話したところで、おぞましい話にはなってしまうのですが――まずは、川池湖滝さんの出自ですかね。

「聞くに堪えない、種々雑多な暴言を浴びせられたとは思いますが、しかし彼女とて、生まれたときから悪魔だったわけではありません。

「信じられないかもしれませんが、そうなのです――むしろ生まれは、端麗と言ってもい

いでしょう。

「少なくともこの私、咲口長広が初めて会ったときの湖滝さんは、小さなレディと称して何ら支障のない、可愛らしいお嬢さんでしたとも。

「表現がロリコンっぽいと言わないでください。ヒョータくんがいない場所だから、伸び伸びと発言してしまっただけです――今日の語りで、完全に誤解が解けることを期待していますが、私にとって彼女は、どこまで突き詰めても、親が勝手に決めた婚約者なのですよ。

「親が勝手に決めた婚約者でしかありません。

「湖滝さんにとっては、悲劇的なことにね。

「眉美さんの茶々によって、早速枝道に逸れてしまいましたけれど、どこまで話しましたっけ？　そう、湖滝さん――あなたが仰るところの百合花ちゃん（仮名）の生まれが、悪魔や妖怪とは程遠い、ノブレスなものであるというところまで話したのですよね。

「いえ。

「そんな生まれだから、他者を『貧困層』とか『庶民の出』とか、蔑《さげす》むようなことを言っているわけではありません。

「彼女の発する幾多の罵声は、そういった差別感情とは、やや趣を異にするものなのです

——なぜなら、彼女が物心つく前に。

「川池家は、凋落《ちょうらく》してしまったのですから。

「大人の事情で、斜陽の憂《う》き目《め》に遭《あ》いました。

「その表現もどうかと思いますけれど、いわゆる没落貴族なのですよ、彼女は。

「生まれは高貴ですが、しかし大して育ちもしないうちに、その高貴は、張りぼてのそれになりました——人形のように。

「ちなみに、眉美さんが見たという着物は、高貴の名残《なごり》と言えますね。気苦労の末に亡くなった母親の遺品ということで、手元に残った形見です。

「成長すれば、どうしたって着られなくなってしまう財産が手元に残ったというのは、皮肉と言う他ありませんが。

「いえ、違います。

「だから一生少女のままでいればいいのにと言いたいわけではありません。こんなシリアスなシーンで茶々を入れるとか、ヒョータくんを超えてこないでください。

「まあ、そういった事情で、彼女は幼《おさな》くして、路頭に迷いかねない境遇に追い込まれたのです——彼女があなたや、周囲の人間に向けて吐《は》く暴言は、意味や問題を知った上で使っているわけではないと説明しましたけれど、実際のところ、自己嫌悪や自己否定の現れなのかもしれません。

「むろん、ぬくぬくと生きている人間に対する敵意は、並々ならぬものがありますがね——いえ、眉美さんがそうだと言っているわけではありませんよ？

「あなたほどぬくぬく生きていない人はいませんよねえ、他校に頼りになるご友人もいらっしゃることですし。

「『しつけえな』って口に出して言わないでください。わかりましたよ、しつこかったですよ。申しわけありませんでした。

「まさかあの件で、私のほうが謝ることになろうとは……。悪魔はあなたなんじゃないんですか？

「ともあれ、凋落だの没落だの言いましたけれど、しかし、川池家は、由緒正しき家系であり、その『伝統』ゆえに、潰れてもらっては困る事情がありました——社会的に、ありました。

「ミチルくんなら風刺と共に述べるところでしょうが、大企業が破綻《はたん》すると、連鎖倒産の被害が及ばないように、各所から助力が及ぶというようなことですね——それを、『各所から食い物にされる』と表現することもできます。

「同じように、川池家も、かろうじて延命したのです——具体的な施策として、咲口家と婚姻関係を結ぶことによってね。

「そう。

「それが『親が勝手に決めた婚約者』の裏事情ですよ――がっかりしたでしょう？　そこにはロマンチックな恋慕はなく、まして私がロリコンだなどという面白さもなく、単なる、古式ゆかしき政略結婚そのものだったのですよ。

「断れなかったのかって？

「まあ、ソーサクくんほどではありませんが、私も自分の立場というものを弁《わきま》えていますからね。それに、もしも私が我を通して断ったら、川池家の没落は避けられませんでした――湖滝さんを含めて、かの家の人達とはそれ以前からの顔見知りでもありましたし、情にほだされたというのはあります。

「私が十八歳になる前に川池家が復興すれば、何の問題もないわけですからね。私はどう控え目に言っても恵まれていますから、それくらいの人助けは、義務のうちだと思っていました。

「大間違いでした。

「義務感を背負い込んでいたのは、私だけではなかったと言うことです――湖滝さんは、『自分にかかっている』と思い込んでしまったようなのです。

「川池家の、かろうじて繋がった将来は、自分が如何に、咲口家との縁《えにし》を保っていられるかにかかっている——とね。

「子供らしい短絡と言えばそうですが、しかし、本人としてはかなり切実だったようです——連綿と続く一族を、五歳六歳で背負ってしまったのですから、やむをえません。

「私としては、形式ばかりの婚姻関係にしがみつくよりも、自助努力に傾注して欲しいものでしたが、しかしまあ、子供なりに、持てる力でできることをしようと考えたのでしょう。

「亡くなった母親から、やや強度が高めの花嫁修業を施されていたというのも、それに関係しているのかもしれません。

「小さな女の子が『お嫁さんごっこ』や『おままごと』をしていると言えば、可愛らしく感じるかもしれませんが、なにせ、あの性格ですからね。

「あの性格になってしまいましたからね。

「その後、どういう展開になったか、想像はつくでしょう。

「私のプライベートどころか、生徒会活動にも支障を来すほど、熱烈なアプローチが始まりました。

「間《ま》がな隙《すき》がな、手料理を持って訪ねてくるような——ちなみに手料理の出来は、あまり誉められたものではありません。

「花嫁修業は、そこまでは及ばなかったようでして——まあ、私の場合、ミチルくんの美食で、舌が肥えているというのもあるのかもしれませんが。

「なんにしても、特に初期は、頭を抱えることになるような『お嫁さん』ぶりでしてね——上手な距離の取りかたを見つけるまで、大変でした。

「コンスタントにお出かけするくらいが、妥協点でしたかね——ただ、それが、この夏のトラブルへと繋がりました。

「そう、美少年探偵団の夏期合宿ですよ。

「スケジュールがバッティングしてしまいましてね。ロリコンではない私は当然、合宿のほうを優先しようとしたわけですが、そうは問屋がおろしませんでした。

「そうは悪魔が許しませんでした。

「ストーカーじみた熱愛を私に向ける湖滝さんには、いずれ美少年探偵団の存在が露見することは目に見えていましたけれど、しかし、このタイミングは最悪でしたね。

「家名を守ろうとする彼女にとっては、婚前旅行を妨げる美少年探偵団は、悪の組織のように映ったことでしょう。

「こちらからすれば、彼女が悪魔ですが。

「あちらからすれば、こちらが悪の組織。

「これもミチルくんなら、風刺のひとつでも決めてくれそうな対立構造ですが、しかしながら、そんな余裕はありませんでしたね。

「もっとも、湖滝さんは第一手から、対立してきたわけではありません——私が婚姻関係を投げ出してしまうという可能性を、彼女としては常に考慮しなければならないわけですから。

「そんな卓袱台《ちゃぶだい》返しは、実際には不可能なんですけれどね？　大人のレベルで決まっていることですから。

「そういう意味では、彼女の健気《けなげ》で危なげな努力ほど、無意味なものはありません——ただ、そうとも知らず、彼女はまず、美少年探偵団への入団を試みました。

「旅行の予定がバッティングしたのであれば、一緒に行ってしまえばいいだろうと、シンプルにそう考えたようなのです。

「ええ、既に述べた通り、そのアイディアは頓挫しました。

「リーダー直々に、すげなく断られました。

「いえ、特にその点について、当時は疑問を抱きませんでした——読んで字のごとく、『美少年探偵団』ですからね。

「女性が入団できないのは、そりゃそうだろうと、メンバーは全員思いました——なので、その後、眉美さんの入団希望が容《い》れられたのは、意外な驚きでしたよ。

「男装すればよかったんですかね？」

「そんな簡単な話だったのなら、湖滝さんも救われませんが——ただ、だからと言って、同情の余地はありませんね。

「なぜなら、入団を断られた湖滝さんは、プランBとして、強硬手段を取ったからです。

「強硬手段。それは凶行手段でもありました。

「眉美さんも仰っていましたけれど、彼女は足音もなく歩くでしょう？ 先程あなたがされたように、後ろから、気付かれずに歩み寄ることができるでしょう？

「同じように、湖滝さんは、一学期の末頃。

「初等部の校舎内で、我らがリーダーの背後より歩み寄り——無防備なその背を押して。

「階段から突き落としたのです」

14 羽子板の理由

「……幸い、大事には至りませんでしたけれど、バランスを崩しての着地の際に、リーダーは足を痛めてしまいましてね——その治療に専念するため、夏期合宿は中止を余儀なくされました」

「………………」

淡々と語る咲口先輩ではあったが、美声の主がそこまで淡々と語ることで、逆に、とめどない憤怒《ふんぬ》がひしひし伝わってくるようでもあった。

さもありなん。

リーダーに羽子板を持ち上げるという力仕事をさせようとしただけで、四方からあんな睨みを浴びせられるような、忠誠心あふれるグループである。直接的な暴力行為に出て、しかも怪我《けが》をさせたとなれば、湖滝ちゃんが、今生きているのも不思議なくらいだ。行為は確かに悪魔的だが、悪魔呼ばわりで済んでいるだけ、めっけものだとさえ言える。

「そこは我らがリーダーの器の大きさでしょうね。私達に対して湖滝さんへの手出しを一切禁じました」

「そっか……、でも、ですよね。そうじゃなきゃ、不良くんなんて、幼女をなぶり殺しにしてますよね」

「メンバーの中で一番仲良くしている相手に、あなた、よくそんな想定ができますね」

まあ、なぶり殺しはないにしても、それこそ、咲口先輩が家命を無視して、婚約を放棄してもおかしくないくらいの行為である。初等部の校舎の中での出来事だから、メンバーの保護も届かなかったという感じなのだろうか……。

「世間的にも、リーダーは『足が滑《すべ》っただけだ』と、湖滝さんを庇《かば》いましたから、問題にはなりませんでしたが、さすがにやり過ぎたと反省したのか、湖滝さんはそれ以降、美少年探偵団に近付こうとはしませんでしたね——昨日までは」

「昨日までは——ですか」

「ええ。あなたという新メンバーの出現が、湖滝さんのトリガーになったことは間違いないでしょう——それゆえに、眉美さんが、彼女の友人になってくれればいいと、私は愚考するのですよ」

それは確かに愚考ですねと、危うく口が滑りかけたけれど、なるほど、ようやく事の次第が飲み込めた。

そうか……そうだったんだ。

酷《ひど》い言葉を浴びせられて、とんでもない子供がいたものだとばかり思っていたけれど、こうしてじっくりと話を聞いてみると……、こうしてじっくりと話を聞いてみると、あの子にも事情が……、事情が……。

「…………」

大して印象変わらねーな。

できることなら『誤解していたわ、なんて可哀想な子なんだろう！』と思えるようなエピソードが聞きたかったのだけれど、残念ながら、思っていた感じにはならなかった――むしろ、単純なやばさだけなら、増大したような気もする。

家が没落して路頭に迷いかけたというのは言うまでもなく大変な出来事だが、通常は没落するような家もないわけだし、結果、美形で性格のいい、そんでもってロリコンでもない婚約者ができたのなら、それを幸福とは言えないにしても、少なくとも不幸ではないはずだ。

あれら『下々の者』を揶揄《やゆ》するような悪口も、複雑なコンプレックスから生じていることは理解できたけれど、だからと言って許されることじゃないだろうし、特に感動もしなかった。

わたしがクズで残念だったな、百合花ちゃん（仮名）。

「いえ、そんなクズなあなただからこそ、湖滝ちゃんの初めての友人になれるのではないかと、私は期待せずにはいられないのです」

「クズって普通に言わないでください。自分で言う分にはともかく、人に言われたら、クズでも普通に傷つきます。……ところで、どうして悪魔は入団を断られたのに、そんなクズは入団を許されたのか、咲口先輩の中では、その後、答は出たんですか?」

「いいえ。あえてリーダーに確認したこともありませんからね。きっと、何か深いお考えがあるのでしょう」

忠誠心もそこまでいけば、奴隷根性に似ている……、その点を解決しない限り、わたしと湖滝ちゃんの間に友情が生じる可能性は、万に一つもないと思う。

「手短に語るつもりでしたが、思いの外長くなってしまいましたね。では、美術室に向かいましょうか——既にみんな、揃《そろ》っていることでしょう」

「あ、そうですね。わたしの推理を、みんなにお披露目しないと」

正直、もう少し細かい点を問いただしたい気持ちもないではなかったけれども、時間も時間だった——あとは、美術室で聞くことにしよう。

咲口先輩の視点からではない意見もうかがってみたい——どうも、ロリコンでないことを強張しようとするあまり、咲口先輩の視点は、湖滝ちゃんに厳しい気もする。

まあ、双頭院くんに危害を加えた前科を持つ以上、他のメンバーの視点も、大差ない気もするけれど——わたし達は廊下に出た。

そして美術室へと向かう。

「そうだ。本人に確認はとれなかったにしても、咲口先輩が思う、湖滝ちゃんが羽子板を美術室に勝手に持ち込んだ理由って、それを送り返してもらおうっていう婚約者アプローチだったってことでいいんですか?」

「婚約者アプローチというのもなかなかの表現ですが、ええ、そう思います。そういったことは、過去にもありましたから——要するに、『婚約者から贈り物をもらう』といった既成事実を成立させようという子供っぽい企みですね」

子供っぽいかなあ。

それなりにタチ悪い感じもする。

返送を贈答に見立てるというのは、送りつけ詐欺の一歩先だ——不審物を送り返させることで、贈り物にさせようとか……、でも、だから羽子板だったと、そう解釈していいのかな?

わたしも途中で思い出したけれど、確か、羽子板を送るというのは、女の子に対する初正月の風習だったはずだ——そういう伏線を張ることで、咲口先輩が『どうせだから』と、湖滝ちゃんにプレゼントしやすい環境を作ろうとしたのか。

たとえば、わたしの机の中に、なぜかおたまが入っていたとしたら、意味がわからないなりに、しかしそのまま机の中に入れておくわけにもいかないから、不良くんにプレゼントしたりするかもしれない、みたいなことだ。

そして、だからこその巨大さか？　持てあますほどの巨大さか？

美少年探偵団の事務所である美術室に、あんな巨大な羽子板が置かれていたら、そのまま放っておくというわけにもいかないし、さりとて簡単には処分もできないし——計画としては穴だらけだけれど、数撃つ鉄砲《てっぽう》の一発としてなら、成り立っていなくはない。

形ばかりの婚約者に対して外堀を埋めていく作業の一環ならば、やはり子供っぽいものとは言えない悪質性もある……、事実、わたしは咲口先輩を、ロリコンと疑ってはばからなかったわけだし（まあ、その大半は生足くんのジョークに基づく疑惑だったけれど）。

昨今の文化情勢を思うと、咲口先輩は結婚できる年齢に到達する前に、社会的に抹殺される可能性もある——そう思うと、羽子板一枚でも、うかうかと見過ごすわけには行くまい。

あれが湖滝ちゃんの作品であることは、咲口先輩の証言だけでもほぼ立証できるとして、あんな大きさ、そして重さのものをどのようにして、彼女が美術室に持ち込んだのかを明らかにし、確実に『返品』という形をとって、本人に引き取らせないと……。

そう思うと、昨日の夜、面倒がらずにちゃんと推理をしてくれればよかったと思わなくもなかった——まあ、他の四人に任せればいいか。

……あれ？

ちょっと待てよ。

推理発表の順番を最後に回してもらうことで、巧《たく》みに、自分のサボタージュを隠蔽《いんぺい》しようとしたわたしだったが、しかし、発表会が間近に迫った今、とんでもない事実に思い当たった。

前回とは違って、咲口先輩が、推理義務（団則その３）を免除されている今回のケースでは、まともに推理をしてきているメンバーは、ひとりもいないんじゃないのか？

リーダーの双頭院くんは、まず、的外れな推理をしてきているに決まっている――羽子板のモンスターは実は本物のモンスターで、『彼』が運んで来たのだというような推理を披露してくれるに違いない。

カワバンガ！

そして、そんなリーダーが奔放過ぎるため、陰に隠れているけれど、実のところ、推理という分野に関しては、生足くんも似たり寄ったりである。特に今回のケースでは、体力班らしく、力業な解決策を持ってくるのではないだろうか。

天才児くんは、たとえどんな切れ味鋭い推理をしてきたとしても、なにせ常軌を逸《いっ》して無口なので、結局は、その翻訳を担当する双頭院くん次第と言うか、胸三寸と言うかなのある。

それは即《すなわ》ち、正解を言い当てることはまずないという結論と、ほぼほぼイコールでだ。

よしんば、奇跡的に天才児くんが自分の口で喋ったとしても、それは一言か二言に限られる。

それじゃあ、ヒントにはなっても、アンサーにはならない。

となると、残るは不良くんだけだ。

リーダーの宿題だし、既に根は真面目な奴であることが判明している彼は、ぶつくさ言いつつもちゃんと推理をしてくるんだろうけれど、うむ、普通に期待できない。彼の推理が当たったところを、わたしは見たことがない。

なんなら逆張りをしたいくらいだ。彼はわたしにけちょんけちょんに言われるために推理してくるようなものである。

わああ。

これ、絶対に順番、回ってくるじゃん。

なんと言うことだ、このままではわたしの怠慢が露呈《ろてい》してしまう――にわかに焦燥を覚えたわたしだったけれど、しかし、事態はそんなわたしの想定を、遥かに超えてくるのだった。

15　婚約破棄

とは言え、発表会の進行自体は、概ね予想通りに執り行われた――双頭院くんが無茶苦茶な推理を述べて、生足くんが力業な推理を述べて、天才児くんが黙して語らず、不良くんがありきたりな推理を述べた。

双頭院くんの無茶苦茶な推理と生足くんの力技な推理については、記述する値打ちはないとして（要約すると、『魔界トンネル』と『根性』の、それぞれ一言ずつに尽きる）、不良くんのありきたりな推理のほうを紹介しておくと、

「台車を使ったんだとすれば、その台車をどう処分するんだって話になってたよな？　だったら、羽子板自体を、その台車にしていたってのはどうだ？　つまり、台車の荷台の部分に使っていた板を、そのまま羽子板の基盤として使った……、車輪だの車軸だのの分解した部品なら、どうにか処分はできるだろ」

と言うようなものだった。

真っ当！

ひょっとしたら不良くんは、普通の探偵団に所属していたら、少年探偵として芽が出て

いたのかもしれない……、ここが美少年探偵団であることが、つくづく悔《く》やまれるばかりだった。

ただし、真っ当な推理には、真っ当に穴があった。

「それ、階段はどうするのさ。根性で持ち上げるの？」

生足くんの突っ込みに、返しを用意していなかった不良くんは、「だから向いてねーんだよ、俺には推理なんて」と、自説をあっさり引っ込めた。

本当は向いているのに、残念な男の子だ。

ただ、料理よりも推理のほうに自分の道を見出されると、今後のわたしの食生活に支障を来す恐れもあったので、特に慰めなかった。

それよりも、切羽詰《せっぱつ》まっているのはわたしだ。

不真面目班の生足くんでさえ、出鱈目《でたらめ》なりにも律儀に、推理を持ち寄ったというのに、わたしはこの通り徒手空拳《としゅくうけん》で臨んでいる――くっくっく、わたしがこの苦境をどう凌《しの》ぐのか楽しみだぜ！

しかし、わたしの発表を待たずして、不良くんがいかにもかったるそうに、

「もういいんじゃねーの？」

と、言った。

「あの悪魔が、どうやって羽子板を持ち込んだのかなんて……、本人を問いつめたほうが手っ取り早いぜ。ナガヒロ、訊きかたが甘かったんじゃねえの？」

「ロリコンだから」

「甘かったつもりはありませんよ、ミチルくん。ロリコンではありませんよ、ヒョータくん。しかし、自白を得られなかったのは、確かに私の手落ちです。ですから、やはり持ち込みの手段を確定することで、言い逃れできなくするというのがベストなのではないでしょうか」

「いや、でもそうなったら、たとえ手段を確定して、証拠を突きつけたところで、あの悪魔は犯行を認めねーし、反省もしねーんじゃねーかってことだよ」

おやおや、わたしをいないものみたいに、話が広がっていく――まさかこれは、新手のいじめだろうか。

じゃなくて、たぶん、不良くんがわたしの挙動不審に気付き、フォローに入ってくれたものだと思われる。

心の中でのこととは言え、慰めもせずに言いたい放題言って悪かった！

わたしが素直に謝れる女の子だったら、謝りたいところだった――素直に謝れない女の子で、本当に無念である。

ただ、わたしの内に芽生えた、不良くんへのそんな感謝をよそに、展開はやや、おかしな方向へと転がっていく——いや、それこそが、本来は順当な転がりかたなのかもしれないが。

「団則その3、探偵であること——を遵守《じゅんしゅ》するってのは、単に机の上で推理をするってことでもねーだろ？　求められているのは、根本的な解決であって」

「何が言いたいんですか？　ミチルくん」

「いやだから、ロリコンでもねえ癖《くせ》に、お前がいつまでもふらふらだらだら、あの悪魔との関係を続けてるのが、ことの原因だろ？　その気がねえんだったら、ちゃんと振ってやるべきなんじゃねえの？」

「…………」

不良くんらしい真っ当な意見に、咲口先輩は沈黙する——そんな簡単な話じゃないと、思っているのだろう。

ことは家柄が絡んだ問題だ。

ある種それは、天才児くんが抱える、指輪財団の後継に関するよりも、厄介な問題をはらんでいると言える——現時点で咲口先輩が湖滝ちゃんを『ちゃんと振る』ことは、同時にひとつの家を取り潰す決断に他ならない。

「ミチル、そこはでも、ナガヒロの気持ちを汲《く》んであげないと。まだ時期尚早だって思ってるんだよ」

同じことを思ったのか、生足くんも、そんな風に言う——かと思ったら、違った。

「せめて小学校を卒業するまでは、悪魔との婚約関係を楽しみたいと思ってるんだから」

「思っていません」

少し黙ってください、と咲口先輩。

生足くんが黙るのは果たして少しでいいのだろうかと思ったが、実際、咲口先輩が考察に費やしたのは、ほんの少しの時間だった。

「わかりました。これ以上、団に迷惑もかけられませんし——何より、私も限界です」

と、咲口先輩は言った。

それは美声とは言い難い声だった。

「湖滝さんとの婚約を、親が勝手に決めた婚約関係を、本日をもって、破棄しましょう」

16　美観のマユミ

事情をさっき知ったばかりのわたしにしてみれば、どうして今まで我慢してきたものを、ここでいきなり放棄してしまうのか、わけがわからない突然の決断だったが、しかしこれは、今まで我慢してきたからこそ、なのだろう。

不良くんに促されたからとも言えない。

結局、きっかけ待ちだった。

湖滝ちゃんが双頭院くんに危害を加えた時点で、この結末は決定していたようなものだった——騙し騙し関係を続けていても、どこかで限界は来ていたのだ。

そのきっかけがわたしだっただけの話だ。

わたしの入団がきっかけだっただけ——いや、正確に言うと、わたしが昨夜、ちゃんと推理をしてこなかったため、不良くんにフォローを入れてもらったことが、咲口先輩と湖滝ちゃんの婚約破棄に繋がったことになる。

馬鹿な。

わたしの怠慢が、家をひとつ、潰す結果になるなんて……、そんな影響力のある女子だったのか、わたしは？

「ナガヒロ。本当にそれでいいのか？」

しばしの沈黙ののち、リーダーが咲口先輩に、念を押すように、訊いた。

「僕のことならいいんだぞ。何度も言っているよう、あれは本当に足が滑っただけだ。悪魔に突き落とされてなどいない」

「……たとえそれが本当だったとしても、湖滝さんが、足音を消して、リーダーの背後に近付いたことは事実です。本来ならそのときに、私は決断しておくべきだったんです」

「僕や、僕達を優先するあまり、家族をないがしろにすることはないのだぞ？」

ここで、まともなことを言う双頭院くん。

とても信じられないことに、なぜか家族や親に関しては、彼は結構まともなことを言うのだ——わたしのときもそうだった。

しかし、そんなリーダーの気遣いに、

「いえ、これまで私が、背負い込み過ぎていたんです——中学生の私が、家柄なんてものを背負うべきではありませんでした。婚約者なのに、保護者みたいな立場で、湖滝さんに接していました——それが間違いだったんです」

と、咲口先輩は力なく首を振った。

「団則その2——少年であること、でしょう？」

「ふむ」

団則を持ち出されると、双頭院くんは納得したように頷いた——頷いて。

それから、わたしのほうを向いて、「で」と言った。

「眉美くんは、本当にこれでいいのか？」

「え？」

わたし？　わたしですか？

別段、深い意味はなかったのかもしれない。

チームとして意思統一を図るために、この発表会を閉じるにあたって、形式上ひとりずつ、意見を募る形を取ろうとしただけなのかもしれない――わたしが、『いや、別にわたしが口を挟めることじゃないし、咲口先輩がいいなら、それでいい』と応えれば、次は不良くんに、同じ質問が回っただけなのかもしれない。

ただ、わたしは、そう訊かれたことに、看破されたような気持ちになった――湖滝ちゃんが可哀想だと。

そう思っていることがバレたみたいな気持ちになった――いやまあ、完《かん》っ璧《ぺき》に自業自得で、同情の余地なんて、どこにも見当たらない。

咲口先輩から経緯を聞かされたところで、「あっそう」って感じだったし、出会い頭に数々の暴言を叩きつけられたことは、未だ腹に据えかねている。

好きか嫌いかで言えば嫌いだし、その話もこの流れなら立ち消えになるだろうけれど、友達になんてなれっこないと思う。

彼女がなりたかったメンバーに、わたしがなれてしまったことについて、少なからず後ろめたさを感じているというのはあるにしても、しかし、そこで無闇《むやみ》に義務感を背負うほど、わたしも完成された人間ではない。

家柄とかは、正直、知らん。

川池家がどんな高貴な家だったのかはおろか、咲口家がどんな家なのかも、不勉強にして存じ上げない——ひとりの女の子だ。

極めて悪質で、計算高くて、愚かしくて、性格がねじくれていて、暴力的で、毒舌で腹黒い、いいところなんてひとつもない、ひとりの女の子だ。

でも、だからって。

見捨てていいってことにはならないよね？

わたしは美観のマユミですよ？

「これじゃあ駄目だよ、リーダー——好きな人や善人しか助けちゃ駄目な世の中が、美しいわけないんだもの」

嫌いなクズでも、助けていいでしょ。

双頭院くんに——咲口先輩に、不良くんに、生足くんに、そして会話には参加してなかったけれども、ついでに天才児くんにそう言って、そしてわたしは考える。

考える考える考える考える考える考える。

なんでわたしにばっかりこんな役目が回ってくるんだと、全力で愚痴《ぐち》りながら、全力で考える——結局、持ち込んだ方法を突き止めても、本人が罪を認めなきゃ同じだと不良くんは言ったけれど、しかし、厳密には違う。

今の問題は、何をしでかすかわからない湖滝ちゃんが、この美術室に、どんな危険物でも自在に持ち込める可能性が生じていることだ——その可能性を抹消すれば、少なくとも状況を、ゼロベースにまで戻せるのだ。

そこまで戻せれば、この場で、婚約を破棄するしないという話ではなくなる。咲口先輩をロリコンと、大いにからかえる、平和な環境が返ってくる。

考える考える考える考える考える考える。

あるはずなんだ、現実に即した解決策が——この人間大の羽子板を、小さな女の子が、難なく運搬できる、そんな方法が。

小学一年生の細腕で……、じゃなくっても、せめて、わたしくらいの体力でも、運べる方法があれば——

「星を探す者は」

と。

そのとき、天才児くんが喋った。

わたしが先般、ついで扱いした天才児くんが、今回はてっきりこのまま、最後まで喋らずに行くパターンだと思わせていた天才児くんが、喋った。

それも、かつてない、長台詞だった。

「空ばかり探す——だけどゆめゆめ忘れてはならない。俯《うつむ》いたときに見える地面も、また星だ」

それはもう、助言というより予言のような謎めいた言葉だったが——しかし、それで十分だった。

わたしは真相に到達した。

否。

着地したと言うべきか。

17 エピローグ

特訓の甲斐あって、わたし達二年B組は、合唱コンクールで、見事金賞を獲《と》った！

……どうでもいい？　ですよねー。

ついでに言うと、金賞は獲っていない。公平と平等を建前とする指輪学園の合唱コンクールには、順位などという下世話な概念は存在しないのだ——参加したみんなが一等賞である。

はいはい。

というわけで、どうでもよくはないほうの話をすると、結論から言って、咲口先輩と川池湖滝ちゃんの婚約関係は、破棄されることはなかった。

生徒会長のロリコン疑惑は晴れることなく、今日に至っている——それがいいことなのか悪いことなのかはわからないけれど、今日はいい天気だ。

まあ、結論から言ったのはわたしではなく、ほとんど天才児くんみたいなものだった——それこそ、彼には最初から、ことの真相がわかっていたのかもしれない。

なのに沈黙を保っていたのは、寡黙なキャラクター性ゆえなのか、これを機会に団と悪魔との縁を切るべきだと考えていたからなのかは、不明である——後者だとしたら、直前で彼は、考えを変えたことになるわけだ。

わたしと気持ちを同じくしたのか、それとも、天才児くんが哀《あわ》れに思ったのは、湖滝ちゃんではなくわたしだったのか。

まあ、わたしは天才児くんの『作品』だから、そういう意味で、彼からは大事にしてもらえているのかもしれない――そのことに対して、どういう感情を持てばいいのかはわからないけれど、さておき、例のアシスト。

『星を探す者は、空ばかり探す――だけどゆめゆめ忘れてはならない。俯いたときに見える地面も、また星だ』

一見謎かけめいて聞こえるこの言葉は……、ある意味で、不良くんの風刺よりもよっぽど風刺めいた教訓を得られなくもないこの言葉は、拍子抜けするほどに、そのまんま、この真相を示していた。

星を探す者、とは、もちろん、十年間星を探し続けたわたしのことだが、空とは、この場合、天空ではない。

天井だ。

美術室の天井には、美少年探偵団の（無法な）活動により、プラネタリウムさながらの星空が描かれている――いわゆる天井絵だ。

暗黒星の正体を知り、空を見上げる気をすっかりなくしてしまったわたしにとって、八十八の星座が描かれた美術室の天井は、再び顔を起こすための、大きな理由になるのだった。

ゆえに、俯いているときだって、地球というかけがえのない星が見えていることを失念するべきではないというコンテキストは、そのまま受け取ってもわたしのような人間には大いに役立つものなのだけれど、そうではなく。

天空に対する地面のように。

天井に対する床面だと受け取れば——それが今回の事件の真実となる。

天井裏があるなら、床下もある。

それまでわたしは、わたし達は、巨大な羽子板を、運搬する方法ばかりを考えていた——どうすれば、小学一年生が、そんな大きさのものを、そんな重さのものを、ここまで運んで来れるのかということばかりを考えていた。

だけど、必ずしも持ってくる必要はないのだ。材料を現地調達するという考えかたがある。

押絵部分のモンスターを作るための布やらボール紙やら、綿やら糊《のり》やら新聞紙やらは、持ち込まざるを得ないだろうけれど——土台であり、問題でもある羽子板の部分については、現地、つまり美術室で入手する方法がある。

床。

教室の床をくり抜けば——一枚板を作成できる。

「そんな馬鹿な、床なんてくり抜いたらばればれだろう——」

と、不良くんが、不良くんらしい合いの手を入れてくれたが、しかし、わたしが返答するまでもなく、彼も自ら気付く。

そう、ばればれにはならないのだ。

なぜなら、天井板全面を美を表現するためのカンバスにしたように、美少年探偵団の面々は、本来は頑強さだけを主題に据えた、無骨な特別教室のぶ厚い床板だって、美しく飾っていた——足を取られてしまいそうな、靴のまま踏むのもはばかられるような、毛足の長い絨毯を、隅々《すみずみ》まで敷き詰めていた。

言うならば、絨毯で——目隠しをされている。

だから、絨毯の下がどういう状態になっているか、本当の意味では、誰にもわからないのだ。恥ずかしい話、床が板であるかどうかも、考えたこともなかった。大理石の床かもしれなかったし——床がないかもしれなかった。板子一枚下は地獄と言うけれど、このケースでは、絨毯の一枚下に、板子があるのかどうかを、わたし達は確認していなかったのだ。

具体的な位置は、テーブルの下である。わたし達が、侃々諤々《かんかんがくがく》と、食事を取りつつディスカッションを交わしていた、あのテーブルの下——その位置なら、知らずに誰かが踏んで、落とし穴みたいに落っこちるということもない。

テーブルの上に羽子板を置いたとき、そのサイズがちょうど収まったときに気付いてもよかった——とまでは、さすがに思わないけれど。

細かいことを言うと、床から羽子板を切り出す際、絨毯を全面めくりあげるのは簡単ではないので、湖滝ちゃんは、テーブルの下にもぐりこんで、高級絨毯をカッターで切り裂くという手段を取った。

乱暴な仕事だが、しかし、切り出したあとは、絨毯をきっちり縫合する辺りは、丁寧な仕事だ——裁縫の腕は花嫁修業の成果なのだろうか？　もちろんそこには、絨毯の毛足の長さが、縫合跡をわかりづらくしたという幸運もあった。

ゴージャスな金持ちがゴージャスな金持ちゆえに足下を（文字通り足下を）掬《すく》われたというアフォリズムは、わたしのような性格の悪い人間にとっては胸のすくような話だったけれど、しかし、人の盲点を突くこの不可能犯罪の作りかたは、いったんその可能性に思い至ってしまえば、検証するだけで露見する、不完全犯罪だった。

特にわたしなら、眼鏡を外すだけで、絨毯の下は見通せる——そうでなくとも、美術室の床をローラー作戦で瀬踏みし続ければ、いつかは、ぽっかり空いた、人間大の大穴の存在に、気付かずにはいられないだろう。

ただ、湖滝ちゃんの名誉のために付け加えておくと、この現地調達の発想は、シンプルなアイディアではあるけれど、決してイージーなアイディアではない。

元々の床の意匠で、シームレスっぽさが演出できたのは幸運にしても、むしろ労力で言うなら、他の方法で、どうにかして板を持ち込んだほうがよっぽど楽だったはずだ。メンバーが不在のときに美術室に忍び込み、絨毯を切り裂き、床をくり抜き、当然、そのままでは使えないから、やすりをかけてぴかぴかにする——生じた木くずは、床下に廃棄。

学業もあるのだ、隙間時間を使っても一日二日でできる作業じゃないから、どこかでメンバーとバッティングしそうになる機会もあっただろうが、そういうときの隠れ家としても、床下は利用できただろう。

木くずまみれになるが。

そう言えば、最後の最後にわたしと、廊下でとは言えバッティングしてしまったとき、どうして湖滝ちゃんは、制服ではなく着物を着ていたのかという疑問もあったけれど、身を隠した際に汚してしまった制服をクリーニングに出していたから——なんて解釈も、あるいはできるかもしれない。

結果、必要以上にビビってしまったわたしが、その出会いのことをメンバーに話すのが遅くなったことは、湖滝ちゃんにとって有利に働いたと言える。まあ、最終的にすべてが露見してしまった以上、その辺はもう、些細な辻褄《つじつま》合わせでしかないという気もする。

真相を暴《あば》いたことで、わたしが意図通りに、湖滝ちゃんをフォローできたかどうかも、終わってみれば怪しいものだった。

どんな方法をもって不審物を持ち込んだのかわからない怖さこそなくなったが、絨毯を破損したり、床面に鋸《のこぎり》を入れたり、結構ダイナミックな破壊行為をおこなっていることがあらわになった——悪魔の所行と言ったら、さすがに大袈裟だけれども、学園側に露見すれば、たとえ初等部の生徒だろうと一発で退学になるような罪状である。

まあ、そのときは美少年探偵団の面々も、団長以外はこぞって退学処分になるので、どの道、表沙汰にはできっこないのだが……、だから、この結果をもって、咲口先輩が、やはり婚約破棄という決断をしていても、なんら不思議ではなかった。

だけど、

「まあ、いいでしょう——よしとしましょう。この明らかな証拠を突きつけたところで、やはり湖滝さんは罪を認めないでしょうけれども、しかし、方法がわかれば、今後は防御策も練れますからね」

と、言ったのだった。

そしてわたしのことを恨みがましくじとりと睨み、

「悪魔は、いいお友達を持ちました」

と付け加えた――はて、誰のことでしょう？

まあ、美声での発言だったので、聞き逃しておいてあげるさ（偉そうに）。

「そして――私もいい後輩を持ったようです」

……立て続けに、聞き捨てならない言葉を投げかけてくる辺り、スピーチの名手は心得ている。

えーえー。

わたしもいい先輩を持ちましたよ、先輩くん。

そんなわけで、まったく一件落着とはいかなかった今回の騒動だったけれど、そうそう、副産物的に、美少年探偵団の冬期合宿の行き先が決定したことも、報告しておかねばなるまい。

それも（そもそも、旅行なんて行かなくていいんじゃないかしら？　というわたしの意見も含めて）、様々な案が出たのだけれど、

「防御策も何も、まずはきちんと戸締まりをするところから始めたらどうなのさ？」

という生足くんの意見が容れられた。

扉に新しく鍵《かぎ》をとりつけると言う意味かと思ったけれど、しかし、鍵というのは廊下側からも見えるものなので、室内のように、好き勝手な改造ができるものではない（室内だ

って駄目だけど)。

だから、既存のものを利用するしかないのだが、その鍵が、行方不明になっているからこそ、これまで美術室は開けっ放しだったのだ——否。

正確には行方不明にはなっていない。

その所在は知れている。

美術室の、前の所有者である元美術教師、永久井こわ子先生が、持っているはずなのだ。

「だから、会いに行こうよ! 永久井ちゃんに! あの先生が芸術活動をおこなっている無人島に、美しさを求めて!」

生足くんがいつになく乗り気だったのは、たぶん、永久井先生の絵の具にまみれた美貌《びぼう》に関係があるのだと思われるけれど、しかし、彼女に会いに行くという旅程には、アーティストの天才児くんも無言ながらも賛成のご様子だったので、わたしはアドバイスに対する恩返しの意味で、その案に挙手するしかなかった。

まあ、永久井先生に会いたい気持ちが、わたしにもないわけじゃあ、ないしね。

美少年探偵団にとって念願だった合宿は、そんな風に実現したわけだが、当然、行った先では、わたし達は新たなる騒動に遭遇することになる——それについては、次巻、『パノラマ島美談』で語らせてもらおう。

最後に。

謎解きから数日経過して、たまたま美術室にふたりきりになったタイミングで、どうしても確認したかったことを、わたしは双頭院くんに訊いた。

「ねえ、リーダー。どうして湖滝ちゃんの入団は断ったのに、わたしの入団は認めてくれたの？」

これは疑問でもあったが、同時に恨み節でもあった。

もしも双頭院くんが彼女の入団を認めていたら、湖滝ちゃんがリーダーを階段から突き落とすというような凶行に及ぶことはなかっただろうし、ひいては、夏期合宿はつつがなく執り行われていただろうし、結果、わたしが冬休みを潰されることもなかったはずなのだ。

大晦日《おおみそか》に、あえて夜十時くらいに普通に寝るという変わり者気取りが、今年はできなくなってしまったじゃないか。

「先に誤解を正しておくと、眉美くん。僕は悪魔に突き落とされてなどいない——これは何度も言っているのだが、誰も信じてくれないのだ。リーダーとしての資質に欠けているのかな？」

「え、でも、それは湖滝ちゃんを庇って——」

……庇って言っているとばかり思っていたけれど、しかし、案外、本当に本当なのかもしれない。

足音のない彼女なら、気付かれずに背後に忍び寄ることは容易だ——という解釈をしていたが、逆に言えば、背後に立たれても気付くことのできない彼女に、いきなり声をかけられたら、誰だってびっくりすると言うことだ。

実際、わたしも初めてリーダーに声をかけられたとき、危うく屋上から落下しかかったりした。

双頭院くんも、その点においては例外ではなかったとしたら——だけど、入団を断った因縁があるから、メンバーは彼女が突き落としたと、決めつけた？　その形になってしまうと、双頭院くんが何を言っても、庇っているようにしか聞こえなかっただろうし——

「そして、湖滝くんの入団を断った理由だったっけ？　そんなことはわかりきっているじゃないか、眉美くん。僕にあるのは美学だけで、僕達は、美少年探偵団なんだよ？」

美学のマナブはぴしゃりと言った。

「ここは恋する乙女の、居場所ではない」

「………」

それがわたしと湖滝ちゃんとの違いだったとするなら、なるほど、文句のつけようもない。

女性だからではなく――乙女だから。

ならば、もしもこの先、メンバーの誰かと恋愛関係になるようなことがあれば、わたしも容赦なく追放されてしまうのだろうか――って、ないない。

地球が割れてもそれはない。

なので、それはともかく、あくまでも川池家のために、あくまでもお家存続のために、咲口家との婚姻関係を持続させようと躍起になっていたはずの彼女の胸中から、隠しきれない熱い思いを見て取った双頭院くんが、湖滝ちゃんの入団希望を断ったと言うのであれば、それもまた美学である。

ただし、わたしのような乙女ならぬ者に、それでもひとつだけ、ちまちま重箱の隅をつつかせてもらえるなら――その熱い思いは、本当に婚約者に向けられたものだったのだろうか？

わたしは思い出してしまうのだ。

湖滝ちゃんは、二度目に会ったときの別れ際に、こんなことを言っていた――『羽子板なんていらねーから捨てろって、学に伝えとけ。死ね』。

まあ、『死ね』はともかく、その前段だ——湖滝ちゃんは、『学に伝えとけ』と言った。『学に』と。

副団長ではなく団長を指名した事実を、どういう風に受け取るかは、もちろん人によるだろう——トップダウンの組織に対して合理的に、最高権力者を名指しただけと取るのが、もっとも自然であることもわかっている。

だから、その台詞を、湖滝ちゃんが羽子板を送り返して欲しかったのは——贈って欲しかったのは、リーダーからだったのだと解釈するのは、少数派のひねた見方だろう。しばらく距離を取っていたはずの彼女が、正味咲口家だけを目的としていたのなら、わたしが入団しようとどうしようと、美少年探偵団のことはもう放っておいてもよかったはずなのに——なんて邪推も、所詮は第三者の意見だし、まして、もしも突き落としたのでないとすれば、後ろから忍び寄ったとき、彼女が何を言うつもりだったのかを推理するのは、ただの下衆《げす》の勘繰りというものだ。

およそ探偵のすることではない。

恋する乙女の居場所ではない美少年探偵団の面々に、そんな機微を察しろと言うのも無理な話で、そこに居場所を見出したわたしにだって、これから始まるであろう大人びた少女の可愛らしい色恋を、知ったように滔々《とうとう》と、語る資格はない。

悪いお友達として、わいわいはしゃいで相談に乗るならまだしも、これに限っては、わざわざ声を低くして言うようなことじゃあ、断じてないのである。

（始）

人間豹
にんげんひょう

学生の本分が勉強であることは言うまでもないにしろ、わずかながら力及ばず、このわたし、瞳島眉美《どうじままゆみ》には苦手科目がおよそ十科目ほどあって、そのうちのひとつが、体育である。

わたしは運動が苦手だ。

運動ができないというよりは、できる限り運動したくないと思っている——必修科目から芸術系のカリキュラムを、限界までがりがり削っている私立指輪《ゆびわ》学園の理事会だけれど、わたしとしては、それよりも先に削るべきものがあるんじゃないかと、強く主張したいところである。

まあ、授業を削るというのは大袈裟《おおげさ》にしたって、身体を育成すると書いて体育なのだから、運動なんてものは身体の健康を保てる程度にしていればいいんじゃないだろうか——健全なる魂は健全なる肉体に宿るなんて、よくも言ってくれたものだ。

むろん、このわたしに健全なる魂が宿っていないことは認めざるを得ない明白な事実ではあるのだけれど、これは決して、運動神経が悪いからではないのである——わたしの性格が悪いのは、わたしの体育の成績とは無関係だ。

とにもかくにも、わたしは運動ができないし、また、したいとも思わないし、ゆえに、運動ができる人間の気持ちなんて、まるっきり、ちっとも、これっぽっちも想像もつかないということを言いたいのだった——なんで走るの？　なんで投げるの？　なんで跳ぶの？　なんで打つの？

スポーツを極めても、身体を壊しちゃ意味ないじゃないと、負け惜しみのように思う——負け惜しみと言うより、これはやっかみなのだろう。

小学生の頃、密かに星を観測するわたしをよそに、教室内で幅を利《き》かす体育会系のお歴々には、苦々しい気持ちしか湧いてこなかったものだ。

ちょっと肉体の成長が早い程度で偉そうにしやがってと思っていた——それは、ちょっと頭脳の成長が早い程度で偉そうにしていた優等生達にそう思うのと、だいたい同じ程度には。

さて、そんなねじくれたわたしが、美少年探偵団のメンバーを代表して、アスリートの応援に行くことになったのだから、世の中というものはわからない。

さっぱりわからない。さっぱりできないほどわからない。

この場合のアスリートと言うのは、同じく団のメンバーであり、体力班の足利飆太《あしかがひょうた》くんのことだ——一年A組、足利飆太くん。

人呼んで天使長、または自ら名乗って美脚のヒョータ。

前へ倣《なら》えや右に同じが嫌いなひねくれ者のわたしは、独自に生足くんと呼んでいる。

ショートパンツを穿《は》いていないとおそらく死ぬのであろう、陸上部のエースである——そう、このたびわたしが応援に行くのは、生足くんの、陸上部員としての活動のほうだった。

なにぶん専門分野ではないので（苦手分野なので。どころか、不肖わたしには専門分野など、ない）、詳細を聞いてもいまいち頭に入ってこなかったのだけれど、郊外のスタジアムで短距離走の地区大会が開催されるそうで、その決勝に、生足くんが出場することになったとのこと。

なんでも指輪学園陸上部からは唯一の決勝出場者だそうで、それを聞いたときには、『生足くんって本当にエースなんだねー』と、当たり前のことに改めて気付かされた思いだった。

まあ、運動が苦手で、やる意味も、やる価値も、まるで理解していない浅いわたしでも、仲間の活躍にケチをつけるほどに最低ではないので、彼の決勝進出のニュースを、自分のことのように喜んだものだ。

一年生エースとか、美形がちやほやされているだけだと思っていたけれど、そうじゃなかったんだね！

この感想も、仲間の手柄を自分のことのように喜ぶのも、考えてみればなかなか最低であり、ゆえにバチがあたった——美少年探偵団の団長である双頭院学《そうとういんまなぶ》くんから、直々に命令が下った。

「眉美くん！　我らがヒョータの晴れ舞台だ、是非とも見てやってくれたまえ！　僕達の分まで、ヒョータを応援してやってくれたまえ！」

だそうだ。

え？　なんでわたしが？

他人の応援なんてしたことのないこのわたしが？

■■

なんでわたしがという理由は、美少年探偵団の性質を考えれば、火を見るよりも明らかだった——団の所属メンバーは、美術室の外では没交渉が基本である。

学園を代表する美少年達が学園を代表する美少年に向けて観客席から声援を送っていては、風紀にかかわる大事件だ——初等部の双頭院くんが、そこで注目を浴びてしまうのもまずかろう。

だから、これもまた、『わたしにしかできない仕事』なのだった——わたしが入団するまで、彼らはいったい、どのように活動していたのか不思議になるくらい、どうやら『わたしにしかできない仕事』は膨大にあるらしい。

やれやれ、先が思いやられるぜ。

そんな風に肩を竦《すく》めつつ、わたしは大会が実施される陸上競技場に到着した——ちなみに、男装はしていない。

今日は女子の制服で来た。

久々にクローゼットから引っ張り出してきた。

日曜日だから変装を解《と》いた——わけではない。

むしろ、わたしとしては、本来の姿に戻ることで変装したという意識である。

他の四人ほどではないにせよ、わたしが美少年モードのままで生足くんを応援しているところを指輪学園の他の生徒に見られて、そこから芋蔓《いもづる》式に、美少年探偵団の実在が表沙《おもてざ》汰《た》になっても困る。

実を言うとわたしは困るのが嫌いなんだ。

そんなわけで、わたしはありのままの姿で——つまり、根暗で地味な女の子の姿で、グラウンドが見渡せるエリアに陣取ろうとしたわけだが、しかし、これはどうも、取り越し苦労だったかもしれない。

見る限り、観客席には指輪生はひとりもいなかったからだ——一瞬眼鏡《めがね》を外して、隅々まで検索したから、間違いない。

他に参加する学校の生徒が、それこそ応援団を組んで来ているので、決して観客席が閑散としているというわけではないのだけれど……、陸上部の部員さえ見当たらないのはどういうことだ？　まあ、生足くんが参加する短距離走は、究極、個人競技なのだから、陸上部が総出で応援に来る必要はないにしても……。

首を傾《かし》げつつ、わたしはプラスチックの椅子に腰を下ろす——見やすい席を選んだら、他校の応援団の真隣に座る形になったので、彼らの声が、嫌でも聞こえてくる。

すさまじい熱意と、一体感。

まるで自分達が、選手と一緒に走るかのごとき気合いの入りようだった——その感覚もまた、わたしみたいな奴にはわかりにくい。

プロスポーツにおいて特定のチームのファンとなる感覚や、あるいは、国際大会で日本代表を一丸となって応援する感覚に、どうしても同調できない——わたしがプレイしているわけじゃないと、どうしても思ってしまう。

あるいは、プレイヤー側からしてみれば、わたしの応援なんて、何の意味もないんじゃないかと思ってしまう。

テレビで野球を見ていて、贔屓《ひいき》のチームの趨勢《すうせい》に一喜一憂することが選手に影響を与えるなんてことは、まさかないだろう——こうしてスタンドから直接声を張り上げれば、多少は違うのかもしれないけれど、しかし、それはプレッシャーという悪影響にもなりうるのではないか？

ありていに言って、アスリートは、集中できる静かな環境で、落ち着いてプレイしたほうが、ベストパフォーマンスを発揮できるんじゃないだろうか。

そっとしておいて欲しいと思わないものなのかなあと、わたしは盛り上がる他校の応援団の隣で、根暗に思う——それとも、ひょっとして、だから指輪生は、競技場に来ていないのだろうか？

生足くんのコンセントレーションを高めるために？

友達の少ないわたしが知らないだけで、中等部内にそういうお達しが出ているのだろうか——けれど、それを把握していない初等部のリーダーが空気を読まずに、友達の少ないわたしを派遣したという事情なのだろうか。

ありうる。

あるいは、ファンクラブの基本である、抜け駆け禁止のルールが徹底されているのかもしれない——女子全員を失意に陥れている生足くんの生足に、ファンクラブがあるかどうかは定かではないけれど。

だとすれば、そんな中、抜け抜けと応援に来てしまったわたしこそいい面《つら》の皮だったが、しかし、この推理には（団則その3・探偵であること）、美しいとは言えない大きな穴がある。

それでも陸上部員がここにいないのはおかしいだろう？　個人競技であっても、練習は一緒にしているはずなんだから。

グラウンドを見渡しても（また眼鏡を外した。本編でもしないような視力の乱用である）、顧問の先生さえいないじゃないか。そりゃあ、体育の授業を削りこそしないものの、指輪学園は部活動にも熱心とは言えないし、陸上部も決して名門や強豪でもないのだけれど……。

これはひょっとして、一年生エースへの嫉妬《しっと》から生じる、体育会系の陰湿なイジメなのだろうか——陰湿過ぎて伝わらないような気もするが、ないでもなさそうだ。

そうなると、健全なる魂は健全なる肉体に宿る理論も、ますます怪しくなってくる……、でも、考えてみれば、常に他人と比べられて、常に誰かと競わされて、残酷に勝ち負けや格付けをされ続ける生活で、まっすぐ育てというほうが、無理があるか。

わたしはひとりで勝手にひねくれた奴だけれど、わたしにとっては縁もゆかりもないスポーツマンにも、同じような悩みはあるのかもしれない。

そんな暗いところで共感するあたり、わたしのわたしらしさは、男装だろうと女装だろうと、如何《いかん》なく発揮されるようだが、それはさておき、だからこそ、リーダーはわたしを、こうして派遣したのだとしたら、声援を送ろうというモチベーションも、多少は上がってくる。

団に所属してなかったら、陸上部の美形な一年生エースの応援なんて、わたしも絶対しない側の人間だけれど——と。

嫌々以外のなんでもなく会場までやってきたわたしが、ようやく、わずかながらも乗り気になったところで、

「おい、お前。まさか指輪学園の奴か？」

と、声をかけられた——まさしく、真隣の応援団から。

髪飾《かみかざり》中学校の生徒達から。

■■

生足くんの応援に、指輪学園からわたししか来ていないという現象の理由が、ここに至ってはっきりした——それは、彼を集中させるためでも、ファンクラブの規定でも、まして彼の活躍に対する嫉妬の表れでもなかった。

単純に、身の安全が保障できないからだった。

大会の決勝には、指輪学園中等部にとって天敵的存在である髪飾中学校の陸上部員も出場していたのである——なんとわたしはうっかり、その応援団の真隣に陣取ってしまったのだ。

さっき見渡したとき、気付くべきだった——眼鏡を外そうとどうしようと、結局、見ようとしていなければ、何も見えないという教訓である。

控えめに言って、荒々しくていらっしゃる髪飾中学校の生徒と、控えめに言って、ぬくぬくと育っていらっしゃる指輪学園の生徒は、何かと対立しがちだ——普段は、番長の目配りや、生徒会長の気配りによって、表立っての抗争は起きていないけれど（テリトリーが明確に決まっている)、このスタジアムまでは、さすがにあのふたりの美形の力も及ばない。

まあ、天敵と言っても、基本的にはこちらがあちらに、一方的に捕食される、自然界における意味での天敵なので、こちらが身を守るためには、自分達の縄張りを出ないのが一番である——だから、陸上部を含む指輪生は、ひとりも会場に来ていないのだ。

顧問まで来ていないというのはよっぽどだが、スポーツの応援団って、ほら、熱くなりがちだから……。

暴動とか、衝突とか、よく見る。

だから、応援団同士の衝突を避けたいという配慮が働いているというのは、わかる——なんだか、周囲が見えなくなる歩きスマホの危険性についてあれこれ論じているときに、『いや待て、自動車のほうは前を向いて運転してたって危険じゃないか?　それにあれは環境も破壊するし』と、そっち側を規制しちゃうような乱暴で雑な解決方法ではあるけれど、緊急措置としては、理解できる。

それなのに、のこのことわたしは、リーダーに言われるがままに、単身、会場に乗り込んで来てしまったというわけだ。あのリーダー、とんでもない任務をこのわたしに……、こんなわたしに……、この程度のわたしに……、わたしごときに……。

わたしを誰だと思ってるんだ？　逆の意味で。

わたしがかように、上長に対する恨み節にとらわれている隙を突くように、周囲をあっという間に取り囲まれてしまった。

胴上げでもされてしまいそうな雰囲気だ。

なんで指輪生がここにいるんだ俺らに喧嘩売ってるのかふてぶてしくもこんな真横にお前らなんか敵じゃねえいい気になってんじゃねえぞ——と、わたしを責め立てる暴力的な言葉が、四方八方から、さながら輪唱のように投げかけられる。

男子からも女子からも、容赦なく。

どこからも『まあまあ、見逃してあげようよ』『確かにな。こんな奴を相手にしててもしょうがねえ』という救いの声が聞こえてこない——うわあ、大ピンチだ。

大ピンチではあったけれど、しかし、リーダーに文句を言うのは、実は筋違いでもあった。

スタジアムには変装して（つまり、男装を解いて）乗り込むことはあらかじめ伝えてあったので、リーダーは、わたしが事情を十全に把握していると思ったのだろう。

委細承知だと思ったのだろう——例の、メンバーに対する絶大なる信頼を、わたしのようなものにも、わけへだてなく向けてくれたのだろう。

男子生徒の格好で学園に通っているわたしが、女子の格好で競技場を訪れれば、指輪生だとはまずバレないのだから——制服でも着ていない、い、い、限り！

なんで制服で来ちゃったんだ、わたし！

だって、生足くんに私服を見られるの、恥ずかしかったんだもん！

……恥ずかしいのはこの言い分のほうだったが、まあ、本音ではある——生足くんの前に生足は晒《さら》せない。

黒ストが合う服なんて、制服以外に持ち合わせがなかったのだ……、生足くんよ、きみの生足は、ついに死者を生むかもしれないよ？

わたしを取り囲んだ髪飾中学校生のボルテージは上がる一方で、冷めやらぬ彼ら彼女らの隙間から抜け出すというのは、運動が嫌いなわたしには、なかなかの難題だった。囲み取材を受けているスーパースターの気持ちを味わっていると言って言えなくもないけれど、このままだと、わたしが暴力行為の餌食になるのも時間の問題だった。

連絡用に（あるいは、逃走防止用に）持たされている子供ケータイの出番——ではない。取り出してヘルプを求めるまでもなく、ポケットの中でストラップを引き抜けば、爆音の警報が鳴り響く仕様の子供ケータイを使用すれば、もちろん急場は凌《しの》げるだろうけれど、しかしそんな大騒ぎにしてしまえば、この大会を台無しにしてしまう。

団を代表して応援に来たはずなのに、逆効果しか生まない——それはそれで、あの団の代表者としては、ふさわしい行為と言えなくもないけれど、それはわかっててやることじゃない。

さりとて、自力で切り抜けられる状況ではない……、こうなれば、この荒らくれ者達に、媚《こ》びへつらうしかないか！

わたしは指輪生ではあるけれど、でも髪飾中学校派で、髪飾中学校の陸上部員に生足くんが無様に敗北するさまを嘲笑しに来たのだと主張し、この応援団に取り入ってやる！

見てな。

クズがどれくらいクズか教えてやる。

世の中にはあんた達の思いもよらない程に及びもつかないろくでなしがいるってことを、わたしから学ぶがいい！

そんなわたしの決意をよそに、彼ら彼女らの暴言は続いた。だいたい指輪学園の陸上部なんてひとりしか決勝に進めていないじゃねえか根性が足りないんだやる気のない奴らに来られても迷惑だ本気でやってる奴らの邪魔をするな——と、まくし立てる。

はいはいその通りですねわたしはあなたがたとまったく意見を同じくする者です——と、喉まで出かかったところで、応援団の誰かが、

「一年生エースとか、美形がちやほやされてるだけじゃない」

と言った——なんだって？

今、なんて言った？

「誰だ、今、俺の仲間の悪口を言ったのは？」

眼鏡を外し、凄《すご》んでしまった。

男装していないのに、男言葉になってしまった。

あれだけやかましかった応援団が、一瞬、静まり返る——根暗で弱気なひとりぼっちの女子が、いきなり睨んで来たのだから、そりゃあそうだろう。

そりゃあそうだろうが、しかし、それが一瞬なのも、そりゃあそうだろう——だって、眼鏡を外したところで、わたしに何かができるわけじゃないのだ。

こうすることで、何らかの特殊能力を発揮できるわけじゃない。見た人物に呪いをかけられるとか、敵の弱点が見えるとか、そういう漫画みたいなことは一切ない。

ただ目がよくなるだけだ。

そしてよくなったことで見えたのは、囲まれたこのフォーメーションから抜け出す道は、本当にないという切羽詰まった状況だけだった——あえて言うなら、売り言葉に買い言葉を返したことで、媚びる余地はおろか、降参する余地すらなくなったという状況だった。

状況ではなく、恐々である。

またやってしまった。やらかしてしまった。

愚かにも感情を制御できなかった。

……いや、違う。

今のは、そういうんじゃない——たとえ冷静沈着なときだって、わたしは一言一句違わず、同じことを言ったはずだ。

美少年探偵団団則その4。

団《チーム》であること——それは、学校の外でだって、変わらないのだから。

向こうは挑発どころか、最大級の侮辱《ぶじょく》を受けたと判断したらしく、既に、誰が一番最初に、わたしに危害を加えるかで揉《も》めていた。

もう完全に抜き差しならない。いいや、もうどうにでもなれ！

多勢に無勢？　それがどうした、やってやるぜい！

「何やってんの？　眉美ちゃん」

己を鼓舞《こぶ》するように韻《いん》を踏んだわたしが、勢い込んで上着を脱《ぬ》ごうとして、結果慌てて両腕同時に袖を抜こうとして失敗し、自ら後ろ手に縛られたみたいな格好になったとき

——そろそろグラウンドでアップしていなければならないはずの生足くんが、ユニフォームで。

輝ける美脚を限界までむき出しにしたユニフォームで、スタンドに足を出した——じゃなくて、顔を出した。

■

一触即発の空気は、こうして、あっさり終結した。

いや、輝ける美脚が、彼ら彼女らから戦闘意欲を奪ったというのももちろんあるだろうけれど、それはそれとして、さすがに選手に手を出すわけにはいかないという判断があったのだろう。

彼ら彼女らも、そうは言っても、やっぱり応援団という団《チーム》なのだ。

応援するべき選手に迷惑をかけるわけにはいかないという気持ちが、自陣の退却を選ばせたらしい——厳密には、わたしが彼らの真隣という位置取りから離れるという落としどころだった。

うん、まあ、応援慣れしてなかったからよくわからなかったけれど、元をただせば、座る場所を間違えたわたしの失敗だよね。

てへっ！

「てへっ、じゃないよ。危ないところだったよ。ボクが仲裁してなかったら、本当にどうなっていたかわかんなかったよ。何やってんの？」

取り急ぎ、関係者以外立ち入り禁止の、競技場内の廊下に連れ込んだわたしに、比較的真剣な説教をする生足くんだった——なんだかんだでなんか多いな、わたしが生足くんに叱られるって展開。

生足どころか、腕も腹もむき出しにした、グラウンド以外の場所で見たら下着にしか見えないユニフォームを着ている一年生に窘《たしな》められるって、変なプレイみたいだ。

「違うのよ、わたしに謝罪を要求しないで」

「違わないでしょ。いつの間にか絶対謝らないキャラになってるね、眉美ちゃん」

「我慢できなかったの！　あいつらが生足くんのことを、顔でレギュラーを取った一年生みたいに言うから！」

「眉美ちゃんもおんなじようなこと言ってたと思うけど……」

「やだな、わたしはそんなことは絶対に言っていないよ」

一八五ページを読み返してもらえばわかる。本当にわかる。

「はあ――……」

とは言え、怖かった。死ぬかと思った。

「ありがとね、助けてくれて。レース前なのに駆けつけてくれて、嬉しかったわ」

謝るのは嫌だけど、感謝の意くらいは示しておこうと、わたしは生足くんにそう言った。

「いいんだよ。観客席に珍しく指輪学園の生徒がいるって思ったら、それが眉美ちゃんだっただけの話さ――下から見上げる形になって、もうちょっとでスカートの中が見えそうだったのに、なんだか取り囲まれて、何も見えなくなったから」

それが駆けつけてくれた理由なのだとしたら、今後わたしは、お礼すら言わないキャラになっちゃうよ？

そう思っていると、

「応援に来てくれたんだよね？ ありがと」

と、生足くんのほうからお礼を言ってきた。

途端、照れくさくなる。

応援に来たことで、試合直前の生足くんをわずらわせてしまったことを思うと、照れるどころか、大反省である。

「リーダーに言われて来たんだけどね。でも、こんなことなら来ないほうがよかったね。ごめ……おっと！」

「そこまで言ったんならもういっそ謝ったほうが楽になるでしょ」

呆れたように、生足くん。

「それに、応援に来られて迷惑なんてことはないよ。アスリートなら、誰でもそうだ。ソーサクみたいなアーティストなら、誰にも理解されない作品にも価値はあるって言うんだろうけれど、応援されない選手には、何の値打ちもないさ」

「……そういうものなの？」

わからない。無口な天才児くんはそもそも何も言わないだろうというのを差し引いても、むしろ逆なんじゃないだろうか。

「だって、いくら応援されたって、結局頑張るのは、生足くん達アスリートなわけじゃない。頑張れって言われたら、お前らこそ頑張れって思わないの？　ほら、運動ができる人って、運動ができない人のことを心から見下してるじゃない」

「ボク達をなんだと思ってるの……？」

「応援がパワーになるなんて、声援がエネルギーになるなんて、わたしには綺麗ごとにしか思えないんだけれど」

「そうだね、綺麗ごとだ。それをリーダーなら、『美しいこと』だと表現する」

「………」

「ボク達アスリートほど、記録にこだわってる奴らはいないでしょ。記録にこだわるって言うのは、どうしたって人に見られたいって気持ちだよ。正直、さっきまでは勝てる気がしなかったよ。髪飾中学校の応援団を見ていたらね。さすが、ロリコンじゃないほうの生徒会長が仕切っているだけあって、統率されているもの。治安は乱れても、一糸乱れない応援ぶりだ。他の学校も、それぞれね。まあ、みんなの安全が第一だから、寂しい観客席も仕方ないって思ってたけれど――眉美ちゃんが来てくれたから、百人力さ。欲を言えば、眉美ちゃんが過激なチアガールの格好をしていてくれたらよかったんだけれど」

「じゃあ欲は言わないで。それ、ほぼ性欲だし」

最後に突っ込んでしまったので、結果ギャグみたいになったけれど、しかし、普段からおちゃらけてばかりいる生足くんの、人間らしい本音を垣間《かいま》見たようで、わたしは、なんとも言えない気持ちになった。チアガールの件にしても、海外じゃああの応援団、滅茶苦茶地位が高いとも聞くし、あながち冗談でもないのだろう。

そんな生足くんの内心を察して、リーダーはわたしを派遣したのだと思うと、危機を脱したと思って、脱力している場合ではない。

　わたしはまだ、肝心の役目を果たしていない。

「生足くん」

「ん。なに? 　そろそろボク、本当に行かなきゃいけないんだけど。棄権扱いになっちゃう」

「わたしはやっぱり、応援がパワーになるって綺麗ごとだと思う——誰も見ていない静かな環境で、落ち着いて走ったほうが、絶対ベストタイムが出ると思う」

　だから。

　と、わたしは言った。

「そうじゃないことを証明して。わたしはひとりでも五人分、ううん、全校生徒の分まで、他の学校には負けないくらいに声を出すから——ぶっちぎってよ」

　この目でしかと、見てるから。

■

　生足くんは、ぶっちぎった。

あとがき

　小説で表現しにくいもののひとつに、『声』があります。文章ですから当然ですけれど、ある人物の声がどういう声なのかは、比喩や主観に頼ることが多く、絶対評価が難しいです。『美しい声』とか『いい声』とか言っても、それがじゃあ、具体的にはどういう声なのかは、読者の想像に委ねるところが大きいように思います。しかし現実においては、この『声』は、人間関係や人物評価において、結構大切な役割を果たすようです。小説の中ではその辺、平等になりますが、現実だと『声』、延《ひ》いては『喋りかた』って、かなり重要視されちゃって、取扱い注意な気もします。本書の冒頭で瞳島眉美さんが紹介している『何を言ったかではなく、誰が言ったかが重要だ』という文言に、もしも付け加えるべき一文があるとするならば、『どんな風に言ったかも重要だ』なんですかね。しかしながら、もともとこの言葉、『何を言ったかは無意味だ』とまでは言っていません。だからその辺りも伝わりやすくまとめるならば、『何を言ったかも重要だし、誰が言ったかも重要だし、どんな風に言ったかも重要だ』となるのでしょうか。重要事項ばっかりで、結構なことでした。

　そんなわけで美少年シリーズ第四弾です。今回、本書でクローズアップされるのは、美声のナガヒロこと、咲口長広先輩です。あらゆる声を操る、演説の名手。だとすれば冒頭で書いたように、小説では表現しづらいキャラクターなのかと言えばさにあらず、逆に小説であるがゆえに、彼の『声』は、万遍なく表現できるのではないかと思います。ところでこのシリーズでは『集団行動』を書こうという目論見《もくろみ》があるのですが、そうは言っても個々のキャラクターに注目してみたいという気持ちもありますので、今回、ショートストーリー『人間飆』を書いてみました。こちらのメインは、美脚のヒョータこと、足利飆太くんです。眉美さんがあまりに生足くん生足くんと言うので、本名を一瞬、迷っちゃいますね。そんな感じで『押絵と旅する美少年』でした。

　第四弾にしてついに語り手の眉美さんが表紙を飾りました。しかもリーダーと共に。キナコさん、性格の悪い彼女を『美少年』に描いてくれて、ありがとうございました。次巻『パノラマ島美談』もよろしくお願いします！

西尾維新

本書は書き下ろしです。

講談社タイガ

〈著者紹介〉

西尾維新（にしお・いしん）
1981年生まれ。2002年に『クビキリサイクル』で第23回メフィスト賞を受賞し、デビュー。同作に始まる「戯言シリーズ」、初のアニメ化作品となった『化物語』に始まる〈物語〉シリーズ、『掟上今日子の備忘録』に始まる「忘却探偵シリーズ」など、著書多数。

押《おし》絵《え》と旅《たび》する美《び》少《しょう》年《ねん》

2016年9月20日　第1刷発行　　定価はカバーに表示してあります
2021年2月1日　第2刷発行

著者……………………西《にし》尾《お》維《い》新《しん》

発行者……………………渡瀬昌彦
発行所……………………株式会社 講談社
〒112-8001 東京都文京区音羽2-12-21
編集03-5395-3510
販売03-5395-5817
業務03-5395-3615

本文データ制作…………講談社デジタル製作
印刷……………………凸版印刷株式会社
製本……………………株式会社国宝社
カバー印刷………………株式会社新藤慶昌堂
装丁フォーマット…………ムシカゴグラフィクス
本文フォーマット…………next door design

ISBN978-4-06-294047-4　N.D.C.913　206p　15cm

予告

美少年シリーズ、乞うご期待！

2016年10月20日刊行予定

予告

シリーズ第5作

パノラマ島美談

さあ、旅立とう。

NISIOISIN
西尾維新

Illustration
キナコ

講談社タイガ

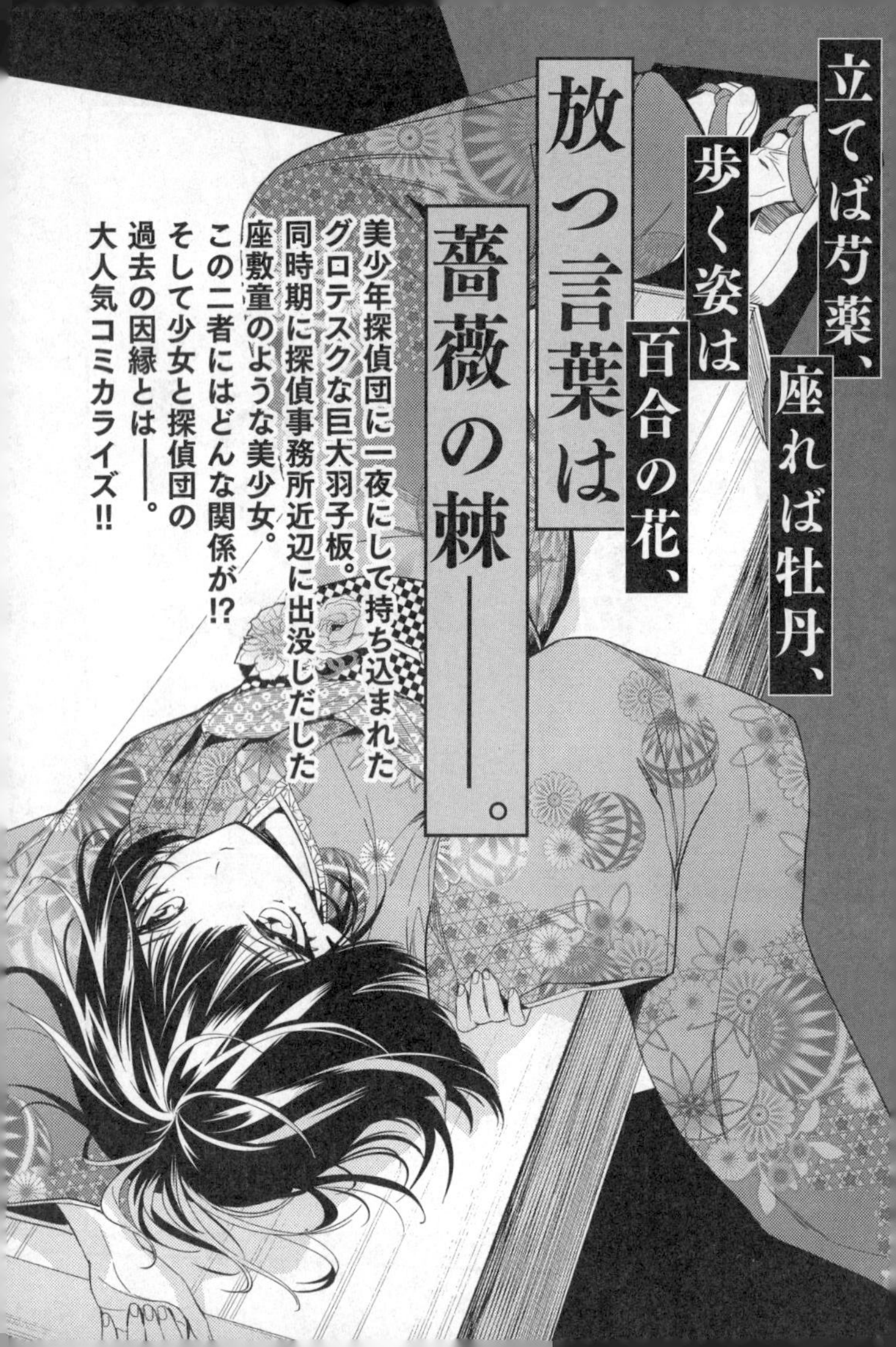
立てば芍薬、
座れば牡丹、
歩く姿は
百合の花、
放つ言葉は
薔薇の棘——。
美少年探偵団に一夜にして持ち込まれた
グロテスクな巨大羽子板。
同時期に探偵事務所近辺に出没しだした
座敷童のような美少女。
この二者にはどんな関係が!?
そして少女と探偵団の
過去の因縁とは——。
大人気コミカライズ!!

西　尾

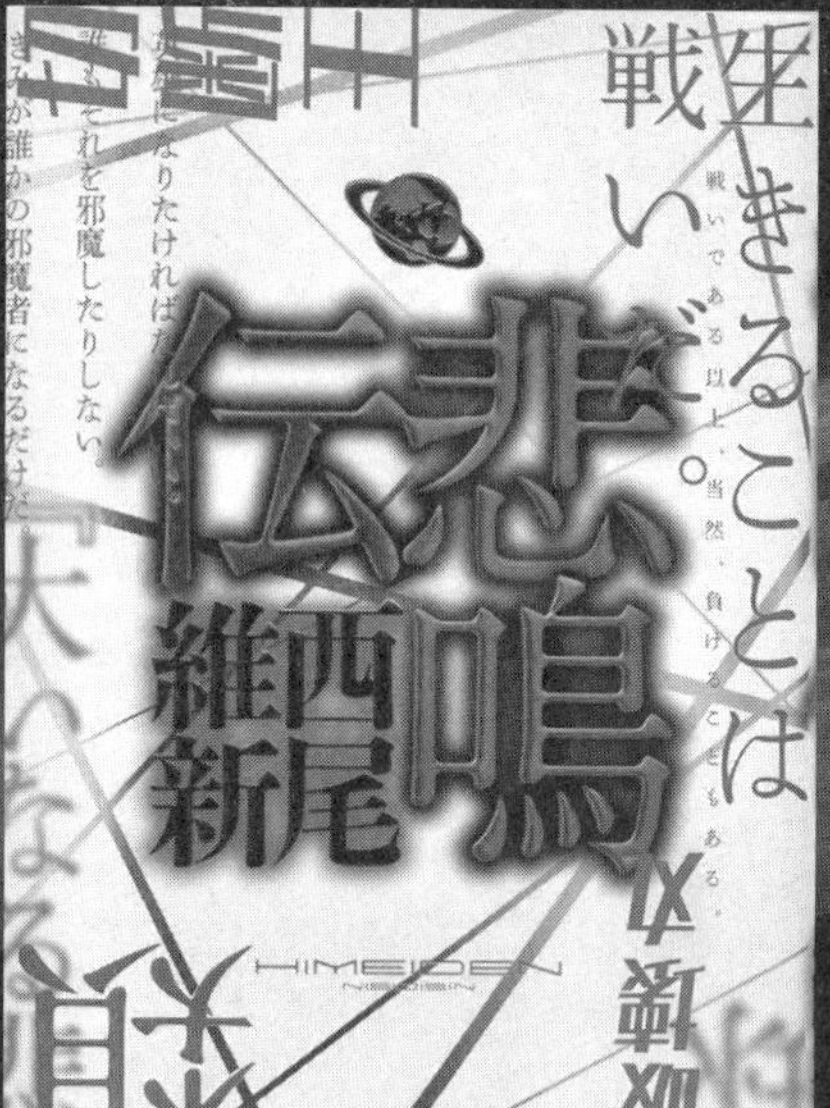
生きることとは
戦いだ。
戦いである以上、当然、負けることもある。
悲鳴伝
西尾維新
HIMEIDEN
講談社
NOVELS

西尾維新
NISIOISIN
Illustration　くろのくろ

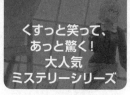

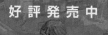

西尾維新文庫

少女《しょうじょ》

西《にし》尾《お》維《い》新《しん》

少女はあくまで、
ひとりの少女に過ぎなかった……、
妖怪じみているとか、
怪物じみているとか、
そんな風には思えなかった。

presented by
N I S I O I S I N

illustration by
碧風羽

講談社文庫
published by
KODANSHA
定価◉本体660円［税別］

不十分《ふじゅうぶん》
「少女」と「僕」の不十分な無関係。
この本を書くのに、
10年かかった。

一線を走る彼らに、
前置きは不要だ。

本題

西尾維新 対談集

NISIOISIN

シリーズの垣根を越えて
ヒロイン達が、阿良々木暦と対面!!
西尾維新
初の
クロスオーバー小説集、好評発売中!
病院坂
Illustration
渡辺明夫

混《マゼモノ》物《ガタリ》語
これぞ夢の
コラボ！
コラボ！
コラボ！
混物語
西尾維新
奇跡のコラボ短編集!!
ヒロインズ
meet
阿良々木暦!!
スペシャルブロマイド封入！
100パーセント趣味で書かれた混沌です。
西尾維新
青春は、混ぜたら危険か知りたくて。
定価:本体1850円(税別)
KODANSHA BOX